George Saintsbury

French Lyrics

George Saintsbury

French Lyrics

ISBN/EAN: 9783744769501

Printed in Europe, USA, Canada, Australia, Japan

Cover: Foto ©Andreas Hilbeck / pixelio.de

More available books at **www.hansebooks.com**

FRENCH LYRICS

SELECTED AND ANNOTATED

BY

GEORGE SAINTSBURY

LONDON

KEGAN PAUL, TRENCH, & CO

MDCCCLXXXVIII

INTRODUCTION

THE first finished specimen of composition in
the French language which we possess—put-
ting aside the purely documentary Strasburg
oaths—is a lyric, the *Chanson de Sainte Eulalie.*
This poem, though written in a language
which had scarcely yet undergone the full pro-
cess of digestion which was to turn Latin into
French, shows already considerable faculty in
the special department of poetry to which it
belongs. While most of the other models of
composition to be found in the classical languages were either imperfectly known or regarded with suspicion as doubtfully orthodox,
the magnificent Latin hymns which, taking
the choruses of the Senecan Tragedy for pat-

tern, had made their way into the heart of
Western Christendom, supplied prosody and
style for the new effort. But after the " Sainte
Eulalie " a gap of centuries occurs, and when
lyrical poetry appears again, another influence
is obviously at work. The Romances and
Pastourelles of the twelfth and thirteenth
centuries exhibit Teutonic and Celtic, not
Latin characteristics. The extreme irregularity
of rhythm, not wholly independent of quantity,
but more intimately connected with accent; the
frequency of half-articulate refrains and bur-
dens, which are to be counted by hundreds
even in the extant poems of the time; not
less than the chivalric sentiment of the poems,
announce a new departure.

This free development of the song, however, which persevered for centuries in merely
popular poetry, and has been perpetuated even
to our own time by the Chansonniers as op-
posed to the lyrical poets of France, while at
least twice (in the sixteenth century and in our
own day) it has received purely literary treat-

ment at the hands of men of the greatest genius, was somewhat out of character with the spirit of the language. It is one of the most disputed points in literary history whether the new and regular French lyric which grew up in the thirteenth century was or was not due to imitation of Provençal models. It is certain that the practitioners in the southern tongue, restrained as they were by a melodious but monotonous dialect admitting but few modifications of rhythm apart from rigid delimitation of length and arrangement of rhyme, arrived before their northern neighbours at the completion of elaborate lyrical forms. It is certain also that the efflorescence of Northern French lyric dates from a time when the once rigid separation of *Francs de France* from Provençals and Gascons (Limousins as the more general term of that day had it) had ceased. But the new French lyric did not directly follow the Provençal forms, and it elaborated for itself forms of which the Provençals had not thought.

For a time during the thirteenth century, the so-called *chanson* occupied French poets. This was a poem of very elastic rules written mostly in octosyllabic or decasyllabic lines, with perhaps a final line of different length, and arranged in stanzas of from six to ten verses on the average. The romances followed the same rule after a fashion; the pastourelles preserved the old extreme variation. But by degrees forms of a precision almost more definite than that of Greek or Græco-Roman lyric manifested themselves. The two mother forms of this new school were the *ballade* and the *rondeau*. The ballade was a poem consisting of three stanzas on the same rhymes and of equal length, capped or not with a shorter stanza called the envoy. The essence of the rondeau consisted in the repetition of the first line or part of it at intervals, and by degrees it separated itself into the *triolet*, the *rondel*, and the rondeau proper, while the ballade yielded the *chant royal*, a longer poem almost approaching the dignity of the full Æolian ode.

The advantages of these forms were the re-demption of poetry from mere doggerel and the musical effect of their rhymes and refrains. Their disadvantages were the tendency of the poets to be satisfied with any stuff, however prosaic, which fulfilled the rules of the game, and the accompanying tendency to go on re-fining with those rules until the poems written on them became senseless and unpoetical *tours de force*. All historians of French literature have to lament the absurdities of equivocal ballades, *empcrières à triple couronne*, and the rest of the foppery which the versifiers of the fourteenth and fifteenth centuries allowed them-selves. Yet the simpler forms are of high poetical capacity, and the following pages will, it is hoped, show clearly what has been effected in them both by their original practitioners and in our own days.

Almost the whole of the earliest French literature is anonymous, and the reader will observe that of the first six pieces in this col-lection but one is signed, while he may as

well be informed that of Moniot d'Arras nothing is known. There was indeed one writer
of romance — Audefroid le Bastard — whose
pieces are numerous and of high excellence.
But they are mostly narrative rather than lyrical, and their length excludes them as well ;
nor is anything known of the author beyond his name. The chansons of the next
period do not suffer from this defect, if defect it be. Thibaut of Champagne, Quesnes
de Bethune, King John of Brienne, and many
more of the knightly singers whose verse is
here represented by specimens of the first two
were men as distinguished in business as in
literature. Nor did the practice of poetry by
persons of distinction cease when the period of
artificial forms began. Jehannot de Lescurel—
Jack o' the Squirrel—is indeed a name only,
charming as his poetry is. But Froissart every
one knows, while Guillaume de Machault led
an active and interesting life, and Eustache
Deschamps was a man both of rank and of
official position. The later age of ballade

writers displays more names of professed men
and women of letters who were nothing else,
though Charles d'Orléans stands out as an
exception. A still more remarkable exception
and one of a very different kind is found in
François Villon, who showed amply that the
supposed chains of the forms fettered no one
whose limbs had native power in them. The
tradition of balladising went on after Villon's
death ; but though Marot in his early manner
did something to revive it, it fell for the most
part into the hands of mere *rhétoriqueurs,* persons whose compositions are to be regarded
rather as the experiments of Englishmen in
Greek and Latin are to be regarded than as the
productions of spontaneous poets.

Marot's own lyrical work took either this
consecrated form or that of easy octosyllables,
pleasant enough, but liable to become something more or less than pedestrian in less skilful hands. But he was scarcely dead when a
great change came over French lyric. The
reforming manifesto of Du Bellay, the war

cry of the Pléiade, insisted on recurrence to
antique models, and the Pindaric and Horatian
odes became the pattern of all lyrists. The
imitation, however, though a few daring ex-
perimenters wrote French sapphics and the
like, was confined to legitimate imitation, that
is to say, the selection of stanzas similar to
rather than copied from those of Alcæus and
Sappho. Ronsard himself was inexhaustible in
the fashioning of new metres, and all his followers did their best to emulate him. The
body of lyric verse produced between 1550 and
1600 is immense, and despite a certain man-
nerism, an abuse of commonplaces, and above
all a tendency to too great length, probably
exceeds in value that produced at any other
period of the literary history of the nation
until the nineteenth century. This period of
rapid production, however, came to a speedy
close. There is perhaps nothing in poetical
history quite resembling the extraordinary fas-
cination which the Alexandrine metre has exer-
cised over French poetry. Until the sixteenth

century its use had been chiefly confined to the later *chansons de gestes*, and the decasyllable was the verse of all work. If it be possible to assign the date of its conquest to any peculiar works, D'Aubigné's *Tragiques* and Du Bartas' *Semaine* must have the credit. Both of these authors were Ronsardists, and Regnier, who followed, and achieved the victory of the Alexandrine, was a fervent admirer of the prince of poets. But the enemy was at the gates. The cardinal principle of the poetical criticism and practice of François de Malherbe was hatred of the master whom he felt it impossible to surpass. The Alexandrine, though frequently enough employed in the enormous poetical work of Ronsard, was not a favourite metre with him, and it offered peculiar scope for the special gifts which Regnier has satirically ascribed to Malherbe. It recommended itself to the fancy of an age more exclusively classical in taste than the sixteenth century, by its deceptive appearance of identity with the great metre of Greece, and by being at least equal

in nominal length to the great metre of Rome.
It was more suited than any other to the
dramatic work which was gaining more and
more of public favour. The consequence was
that with insignificant exceptions the Alexandrine for two centuries absorbed French poets,
and the shorter lines which were admitted were
little more than Alexandrines cut into lengths.
The predominant metre yielded much splendid
poetry, but it almost killed lyric properly so-
called, being fatal to the tripping variety of
cadence, the irregular regularity, so to speak,
which Euterpe loves. Its stately march, its
monotonous cadence, its elaborately difficult,
but equally monotonous rhymes, dissuaded
those who gave themselves up to them from
even attempting really lyrical verse. The
examples to be fetched from this period are
therefore rather examples of the absence than
of the presence of the lyrical spirit. Malherbe's
famous poem scarcely redeems by its exquisite
felicity of expression an essentially prosaic tone
and a declamatory style. Boileau is unquot-

able in a selection which does not aim at
burlesque. J. B. Rousseau, a true poet in
his way, is barely admissible. Lebrun, also
a poet, has not yielded one specimen likely
to give genuine pleasure to English readers.
Even at the extreme end of the period, and with
poetical gifts greater than any non-dramatic
poet since the death of Regnier had possessed,
André Chénier was not able to break through
the stiff and pedantic formulæ which shut out
French poetry from the use of the lyre. Only
the song-writers, bacchanalian and unclean
triflers as they too often were, preserved something of the lyrical organ if not of the lyrical cry.

It is generally and not erroneously held
that between the Revolution and the Restoration
France reached her literary nadir, and lyrical
poetry was as low as any of its fellows. The
ineffable silliness of the words of 'Partant pour
la Syrie' hardly caricatures the average Empire
lyric, though in a kind of bastard lyrical poetry
the amiable talent of Chênedollé achieved some
slight success, and the masterpiece of Millevoye

b

deserves its fame. The romantic movement, however, at once restored France from the lowest to almost the highest estate in this matter. Never was such a nest of singing birds, to use the old phrase, as that from which Victor Hugo, Alfred de Musset, Théophile Gautier issued and sang. The second generation of the romantics produced in M. Théodore de Banville a careful and thorough restorer of all that was best worth restoration, both in the formal lyric of the fourteenth century and in the semi-classical lyric of the sixteenth. The third or Parnassian school which exists to-day has been hardly equal in power or in discovering energy to its predecessors ; but it has produced some excellent work, and has, let us hope, rendered it impossible for France ever to return into the Malherbe-Boileau dungeon, where the lyre was an instrument forbidden under pain of instant transformation into a Jew's harp.

There are thus three great periods of flourishing in French lyric properly so-called: that of the romances and pastourelles and of the earlier ballades and rondeaux, a period of fresh and genuine emotion, graceful imagery and varied (sometimes half-articulate) music; the period of the Renaissance, one of a singular mixture of ardent and somewhat sensual passion, with extreme fertility in rhythmical invention and skilful adjustment of classical colour; and that of the present day, where large and vague aspirations, and the other symptoms of the *maladie du siècle*, with historical retrospects of picturesque antiquity, form the substance, while the form is singularly various and at the same time singularly perfect. These three periods are represented here, it is believed, fully and fairly, the intervening times of less abundant productiveness more scantily. Not to multiply unduly examples from great and favourite masters, nor to admit inferior pieces from those who, if they were not great lyrists, were great poets in other ways, has been the chief object in view. It has also been thought well to maintain a rigid standard of what is lyrical.

This rigidity may seem to some persons pedantic; but I am convinced that in poetry
more than anywhere else it is necessary to
play the game. I have admitted no pieces exclusively composed of Alexandrines, except a
very few arranged in quatrains or tercets; ar-
rangements which are regarded as lyrical in
every language. I have for the most part pre-
ferred pieces where the measures definitely
indicate that the piece is to be sung, not said.
Thus Alfred de Vigny, Barbier, Brizeux will
be missed here. Sonnets have been excluded,
because the number and excellence of them in
French is so great as to render selection difficult, and because they are, at least in some
persons' opinions, not properly lyrics. This
has excluded not a few of the stars and satel-
lites of the Pléiade, notably Tahureau and
Pontus de Tyard, whose best work is in the
sonnet. Lastly, after much thought and more
than one change of plan, I have thought it
well to give no specimens from the youngest
school of French poetry. The French Parnas-

sus is so well peopled now that full selections
would be impossible, while a scantier choice
would be invidious as well as doubtfully wise.
One exception has been made in favour of
Albert Glatigny. Death set its seal on the
' Ballade des Enfans sans Soucy' at the same
time that it removed a poet who in style was
remarkably French, and in merit more promis-
ing than almost any singer of the last twenty
years.

All this has excluded some remarkable pieces
of poetry which I should for other reasons
have been glad to include. It is scarcely
necessary to say that a much greater number
have been excluded from the simple desire not
to make the book unwieldy. It would be very
easy to produce companion volumes, the com-
ponent pieces of which would satisfy the editor
as well, and might please some of his readers
better. I only request readers who miss pieces
which they would gladly have seen, to imagine
that their favourites would occupy the place of
honour, as they undoubtedly would, in the

unprinted selections. But he who writes this
has found fault with too many anthologies to
expect that fault will not be found with his
own. The object has been to admit nothing
trivial, nothing not representative, and nothing
which may be unworthy, in its kind, of its
companions.

This brief preface would be incomplete without some general observations on the excel-
lencies and defects of French lyric. Many
English critics who are dead, and at least one
English critic who let us hope will long be
living, have explicitly or implicitly denied the
right of French lyric poetry to challenge the
highest place. I admit that it does not very
often reach that place; I assert that it sometimes does. Regnier's

> Regret pensif et confus
> D'avoir été et n'être plus ;

Hugo's

> Le vent qui vient à travers la montagne
> Me rendra fou ;

the cooing refrain of Musset's 'A Saint Blaise
à la Zuecca,' which Gautier was heard once

murmuring to himself for a whole day, to name only one or two examples, seem to save the situation as far as momentary "cry" goes. It may, however, be confessed that the tenses as distinguished from the mood of lyrical exaltation which this poetry can apply are not so numerous as in Greek or English. The deficiency is often set down to national character—an unphilosophical expedient. The real fault seems to be in the language as it has been shaped in modern times. Even in the sixteenth century, despite valiant efforts, the iambus was gradually becoming the only foot to which French as written and pronounced would lend itself. It had not been so earlier, as even the few specimens of the first stage of French lyric poetry here given will show. But the formal rhythms of the fourteenth century, the popularity of the iambic octosyllables, decasyllables, and dodecasyllables of the great romances of chivalry, and no doubt also the genius of the language, by degrees got the better of this liberty. All the

labour, all the learning, all the enthusiasm of
the romantic movement have not really succeeded in giving France a dactyl or an ana-
pæst, hardly even a trochee.   Rhythms which
partake of these bases are attempted, but are
all reducible in the last resort to the fated
iamb.   Now, though this is unquestionably
the best foot of all work, a lyric which has
no other most unquestionably *claudicat.*   If
anybody will run over in his mind the most
famous English lyrics, he will find that the
exclusion of non-iambic measures, though it
may leave a goodly remnant, will still make
woeful havoc.   As compared with his English
brother, the French poet is, it has been said,
fighting with one hand tied behind him and
two fingers of the other cut off.   This is an
exaggeration, no doubt, but it is only an exaggeration of the truth after all.

What, with these drawbacks, French poets
have nevertheless done, this book must have
been very badly compiled if it does not show.
While the earlier French lyric represents almost
the *ne plus ultra* of unstudied melody, the later

represents almost the *ne plus ultra* of studious victory over a stubborn and rebellious material. The French lyrist works as a master of the craft bids him in a piece here given, not in facile tongues which yield melody almost of themselves, like those of southern countries, not in languages whose more rugged vocalisation carries with it strange natural tones of music unreachable by the most cunning art, like English and German. All the more honour to those who under such circumstances have given us such masterpieces of the softer and the sterner lyric as 'Si vous croyez que je vais dire' and the 'Chasseur Noir.'

GEORGE SAINTSBURY.

CONTENTS

CONTENTS

XXXV

XXXVI

XXXVII

XXXVIII

XXXIX

XLV

XLVI

XLVII

FRENCH LYRICS

I

THESE pieces are taken from Bartsch's *Romanzen und Pastourellen,* with the exception of the "Aubade," which is taken from the late M. Paulin Paris' *Romancero Français.* It is a kind of puzzle in some parts, but the spirit and melody of it will strike those even who are not able to construe it exactly. The romances have been selected to show the different forms, courtly, narrative, allegorical, picturesque and popular, which they present. The "Pastourelle," of which one specimen is here given, was a very favourite form for at least three centuries. In Provençal, where it also appears, it was subdivided into many kinds, according to the animals composing the shepherdess's flock. In northern French it is remarkable for its varied rhythm and refrain, for the pleasant sketches of country life it contains, and for the fact that the first French comic opera, the *Robin*

et Marion of Adam de la Halle, was the result of a simple
development of it. The dates of these poems are not ascertainable exactly, but may be taken to be between 1150 and
1250. They are all anonymous except "L'Autrier en Mai,"
which is attributed to a certain Moniot d'Arras.

BELE EREMBORS

Quant vient en mai, que l'on dit as lons jors,
Que Franc de France repairent de roi cort,
Reynauz repaire devant el premier front.
Si s'en pensa lez lo mes Arembor
Ainz n'en dengna le chief drecier a mon
        E Raynaut amis !

Bele Erembors a la fenestre au jor
Sor ses genolz tient paile de color ;
Voit Frans de France qui repairent de cort,
E voit Raynaut devant el premier front :
En haut parole, si a dit sa raison.
        E Raynaut amis !

" Amis Raynaut, j'ai ja veu cel jor
Se passisoiz selon mon pere tor,
Dolanz fussiez se ne parlasse a vos."
" Jal mesfaistes, fille d'Empereor,

Autrui amastes, si obliastes nos."
     E Raynaut amis !

" Sire Raynaut, je m'en escondirai :
A cent puceles sor sainz vos jurerai,
A trente dames que avuec moi menrai,
C'onques nul hom fors vostre cors n'amai.
Prennez l'emmende et je vos baiserai."
     E Raynaut amis !

Li cuens Raynauz en monta lo degre,
Gros par espaules, greles par lo baudre ;
Blonde ot lo poil, menu, recercele :
En nule terre n'ot so biau bacheler.
Voit l'Erembors, si comence a plorer.
     E Raynaut amis !

Li cuens Raynauz est montez en la tor,
Si s'est assis en un lit point a flors,
Dejoste lui se siet bele Erembors.

.   .   .   .   .   .

Lors recomencent lor premieres amors.
     E Raynaut amis !

OR VIENENT PASQUES

Or vienent pasques les beles en avril,
Florissent bois, cil pre sont raverdi,
Cez douces eves retraient a lor fil,
Cil oisel chantent au soir et au matin
" Qui amors a, nes doit metre en oubli :
Sovent i doit et aler et venir."
Ja s'entramoient Aigline et li quens Guis.
     Guis aime Aigline, Aigline aime Guion.

Souz un chastel q'en apele Biaucler,
En mout poi d'eure i ot granz bauz levez.
Cez damoiseles i vont por caroler,
Cil escuier i vont por behorder,
Cil chevalier i vont por esgarder ;
Vont i cez dames por lor cors deporter.
La bele Aigline si est fete mener :
Si ot vestu un bliaut de cendel,
Qui granz deus aunes trainoit par les prez,
     Guis aime Aigline, Aigline aime Guion.

TROIS SEREURS

Trois sereurs seur rive mer
Chantent cler :
La jonete fu brunete :
" De brun ami j'aati,
Je sui brune,
S'avrai brun ami ausi."

Trois sereurs seur rive mer
Chantent cler :
La mainnee apele
Robin son ami :
" Prise m'avez el bois rame,
Reportez m'i."

Trois sereurs seur rive mer
Chantent cler :
L'ainnee dit :
" On doit bien jone dame amer
Et s'amour garder
Cil qui l'a."

L'AUTRIER EN MAI

L'autrier en mai au douz tens gai
Que la saisons est bele,
Main me levai, joer m'alai
A une fontenele.
En un vergier clos d'aiglentier
Oi une viele,
La vi dancier un chevalier
Et une damoisele.

Cors orent gent et avenant,
Et molt tres bien dançoient,
En acolant et en baisant
Molt bel se deduisoient.
Au chief du tor en un destor
Doi et doi s'en aloient,
Le jeu d'amor de sus la flor
A lor plaisir faisoient.

J'alai avant, molt redoutant
Que nus d'aus ne me voie,
Maz et pensant et desirrant
D'avoir ausi grant joie.

Lors vi lever un de lor per
De si loing com j'estoie,
Por apeler et demander
Qui sui ni que queroie.

J'alai vers aus, dis lor mes maus,
Que une dame amoie,
A cui loiaus sanz estre faus
Tot mon vivant seroie,
Por cui plus trai peine et esmai
Que dire ne porroie.
Et bien le sai, que ge morrai,
S'ele ne mi ravoie.

Tot belement et doucement
Chascuns d'aus me ravoie,
Et dient tant que Dex briement
M'envoit de celi joie,
Por qui je sent paine et torment :
Et je lor en rendoie
Merci molt grant, et en plorant
A De les comandoie.

AUBADE

" Gaite de la tor !
Gardez entor
Les murs, si deus vos voie ;
C'or sont la sejor
Dame et seignor,
Et lairron vont en proie."
   (*La gaite corne.*)
" Hu et hu et hu et hu !
Je l'ai veu,
La jus soz la coudroie.
Hu et hu et hu et hu !
A bien pres l'ocirroie."

(*La dame a son amant.*)
" D'un dous lai d'amor
De Blancheflor,
Compains, vos chanteroie ;
Ne fust la peor
   Del traitor
Cui je redotteroie."
   Hu et hu, &c.

" Compains en error
Sui, qu'en cest tor
Volentiers dormiroie."
" N'aies pas peor,
Voist a loisor
Qui aler vuet par voie."
" Hu et hu et hu et hu ! "
" Or soit teu,
Compains, a ceste voie."
" Hu et hu et hu et hu ! "
" Bien ai seu
Que nous en aurons joie."

(*La gaite.*)
" Ne sont pas plusor
Li robeor,
N'en a qu'un que je voie,
Qui gist en la flor
Soz covertor,
Cui nomer n'oseroie."
Hu et hu, &c.

" Cortois ameor
Qui a sejor
Gisez en chambre coie,
N'aies pas freor,

Que tresqu'a jor
Poes demener joie."
Hu et hu, &c.

'

  (*L'amant a la gaite.*)
" Gaite de la tor !
Ves mon retor
De la ou vos ooie ;
D'amie et d'amor
  A cestui jor
Ai ce que plus amoie."
   " Hu et hu et hu et hu ! "
   " Pou ai-je eu
En la chambre de joie."
   " Hu et hu et hu et hu ! "
   " Trop m'a neu
L'aube qui me guerroie."

" Se salve l'onor
  Au criator
Estoit, tot tens vodroie
  Nuit feist del jor ;
  Jamais dolor
Ne pesance n'auroie."
   " Hu et hu et hu et hu ! "
   Bien ai veu

De biaute la montjoie,
" Hu et hu et hu et hu ! "
   C'est bien seu.
Gaite a Deu ! tote voie.

PASTOURELLE

De Saint Quentin a Cambrai
Chevalchoie l'autre jour ;
Les un boisson esgardai,
Touse i vi de bel atour.
La colour
Ot freche com rose en mai.
De cuer gai
Chantant la trovai
Ceste chansonnete
  " En non Deu, j'ai bel ami,
  Cointe et joli,
  Tant soie je brunete."

Vers la pastoure tornai
Quant la vi en son destour ;
Hautement la saluai
Et di "Deus vos doinst bon jour
Et honour.
Celle ke ci trove ai,
Sens delai
Ses amis serai."

Dont dist la doucete
> "En non Deu, j'ai bel ami,
> Cointe et joli,
> Tant soie je brunette."

Deles li seoir alai

Et li priai de s'amour,

Celle dist "Je n'amerai

Vos ne autrui par nul tour,

Sens pastour,

Robin, ke fiencie l'ai.

Joie en ai,

Si en chanterai

Ceste chansonnete :
> En non Deu, j'ai bel ami,
> Cointe et joli,
> Tant soie je brunete."

II

THIBAUT IV., Count of Champagne and Brie, King of Navarre, is one of the best-known figures of early French poetry. He was born in 1210, and died in 1253. His example and political position helped not a little to draw the literary styles of Northern and Southern France together. Though not by any means the most original of the Trouvères, he is one of the most elegant and regular. The following is a good specimen of his usual work:

CONTRE LE TENS QUI DESBRISE

Contre le tens qui desbrise
Yvers, et revient este,
Et la mauvis se desguise,
Qui de lonc tens n'a chante,
Ferai chançon. Car a gre
Me vient que j'aie en pense
Amor, qui en moi s'est mise.
Bien m'a droit son dart gete.

Douce dame, de franchise,
N'ai je point en vos trove :
S'ele ne s'i est puis mise
Que je ne vos esgarde,
Trop avez vers moi fierte.
Mais ce fait vostre biaute,
Ou il n'i a pas de devise,
Tant en i a grand plante.

En moi n'a point d'astenance
Que je puisse aillors penser,
Pors que la, ou conoissance
Ne merci ne puis trover.
Bien fui fait por li amer ;
Car ne m'en puis saoler.
Et quant plus aurai cheance,
Plus la me convendra douter.

D'une riens sui en doutance,
Que je ne puis plus celer,
Qu'en li n'ait un po d'enfance.
Ce me fait deconforter,
Que s'a moi a bon penser
Ne l'ose ele desmontrer.
Si feist qu'a sa semblance
Le poisse deviner.

Des que je li fis priere
Et la pris a esgarder,
Me fist amors la lumiere
Des iels par le cuer passer.
Cil conduit me fait grever :
Dont je ne me soi garder :
Ne ne puet torner arriere.
Mon cuer ; miex voudroit crever.

Dame, a vos m'estuet clamer,
Et que merci vos requiere.
Diex m'i laist pitie trover ;

III

ADAM DE LA HALLE, the dates of whose birth and death are both unknown, but who flourished in the latter half of the thirteenth century, was the first known writer of comedy and the first known writer of comic opera in France. His lyrics are also numerous and excellent. Like almost all his contemporaries, he alternates between love-singing and satire.

THE GIRDLE

Diex !

Comment porroie

Trouver voie

D'aler a chelui

Cui amiete je sui ?

Chainturelle, va-i

En lieu de mi ;

Car tu fus sieue aussi,

Si m'en conquerra miex.

Mais comment serai sans ti ?

Dieus !

C

Chainturelle, mar vous vi ;
Au deschaindre m'ochies ;
De mes grietes a vous me confortoie,
Quant je vous sentoie,
Ai mi !
A le saveur de mon ami.
Ne pour quant d'autres en ai,
A cleus d'argent et de soie,
Pour men user.
Mais lasse ! comment porroie
Sans cheli durer
Qui me tient en joie ?

Canchonnete, chelui proie
Qui le m'envoya,
Puis que jou ne puis aler la,
Qu'il en viengne a moi,
Chi droit,
A jour failli,
Pour faire tous ses boins,
Et il m'orra,
Quant il ert joins,
Canter a haute vois :
Par chi va la mignotise,
Par chi ou je vois.

IV

QUESNES DE BETHUNE took a great part in the public affairs of France at the end of the twelfth century, and joined in the crusade of Richard Cœur de Lion and Philip Augustus. The following piece is not certainly, but possibly his. It is a remonstrance on Philip's departure from Palestine. The tone, as usual with Quesnes, is grave and somewhat declamatory, but it is a good specimen of the serious lyric of the period, which often addressed itself to public affairs.

REMONSTRANCE

Nus ne porroit de malvaise raison
Bone chanson ne faire ne chanter ;
Por ce, n'i vueil mettre m'entencion,
Quar j'ai asses altre chose a penser.
Et nonpourquant, la terre d'oltremer
    Voi en si tres grant balance,
Qu'en chantant voil prier lou roi de France
Que ne croie couairt ne losengier
De la honte nostre signor vengier.

Ah ! gentis rois, quant Diex vos fist croisier,
Toute Egipte doutoit vostre renon ;
Or perdes tout quant vos voles laissier
Jherusalem estre en chativoisons.
Quar quant diex fist de vos election
    Et signor de sa venjance,
Bien deussies monstrer vostre poissance
De revengier les mors et les chaitis
Qui por vous sont et por s'amor ocis.

Rois, s'en tel point vos metes a retour,
France dita, Champagne et toute gent
Que vostre los aves mis en tristour
Et que gaingnes aves moins que nient.
Que des prisons qui vivent a torment
    Deussiez avoir pesance,
Et deussiez querre lor delivrance ;
Quant por nous sont et por s'amor ocis,
C'est grant pechies ses i lessies chaitis.

Rois, vos aves tresor d'or et d'argent,
Plus que nus rois n'ot onques, ce m'est vis ;
Si en deves donner plus largement
Et demorer, por garder cest pais ;
Car vos aves plus perdu que conquis.
    Si seroit trop grant viltance

De retourner, a tout la mescheance ;
Mais demores, si feres grant vigour,
Tant que France ait recovre s'onour.

Rois, vos saves que Diex a pou d'amis,
Ne onques mais n'en ot si grant mestier ;
Quar por vous est ces peuples mors et pris,
Ne nus, fors vous, ne l'en puet bien aidier.
Que povre sont li altre chevalier,
      Si crement la demorance ;
Et s'en tel point lor faisies defaillance,
Saint et martir, apostre et inocent
Se plainderoient de vos au jugement.

V

THE date and personality of Jehannot de Lescurel are quite unknown, but the former must have been about the first half of the fourteenth century. His poems have great sweetness and melody. The second displays a lavishness in diminutives which continued to be a characteristic of French poetry until the occultation of the Pléiade.

LOVE OR DEATH

Amour, voules-vous acorder
Que je muire pour bien amer ?
Vo vouloir m'esteut agreer ;
Mourir ne puis plus doucement ;
     Vraiement,
Amours, faciez voustre talent.

Trop de mauls m'esteut endurer
Pour celi que j'aim sanz fausser,
N'est pas par li, au voir parler,

Ains est par mauparliere gent.
    Loiaument,
Amours, faciez voustre talent.

Dous amis, plus ne puis durer
Quant ne puis ne n'os regarder
Vostre dous vis, riant et cler.
Mort, alegez mon grief torment ;
    Ou, briefment,
Amours, faciez voustre talent.

LOVE'S REASONS

Bonnement m'agree
Vous amer, blondette
Doucette,
Savoureusette,
Et vo cors veir.

Vo manierette
Joliette,
Simple, plaisans, faitissette,
M'en donne desir.

Ailleurs ma pensee,
N'est, gente, bellette,
Jeunette,
Gracieusette,
Por si dous plaisir.

Bonnement m'agree
Vous amer, blondette
Doucette,
Savoureusette,
Et vo cors veir.

Vo manierette
Joliette,
Simple, plaisans, faitissette,
M'en donne desir.

Or vous proi, amee,
Par fine amourette,
Sadette,
Que m'amiette
Soiez ; ce desir.

Car vo bouchete
Vermeillette,
Rians et amoureusette,
Fait que, sans partir.

Bonnement m'agree
Vous amer, blondette,
Doucette,
Savoureusette,
Et vo cors veir.

Vo manierette
Joliette,
Simple, plaisans, faitissette,
M'en donne desir.

VI

GUILLAUME DE MACHAULT seems to have been born towards the end of the thirteenth century, and lived to a great old age, dying most probably in the last quarter of the fourteenth. He lived much at various courts, and attached himself both to the blind king of Bohemia and to Pierre de Lusignan, king of Cyprus, another prince of the knight errant type. Machault's most interesting work is the "Voir Dit," a curious record of personal feeling, which has been the subject of much discussion. The "Chanson Balladée" given below is extracted from it. His entire works are very voluminous and have never yet been published.

THE VICTORY OF LOVE

Onques si bonne journee
Ne fu adjournee,
Com quant je me departi
De ma dame desiree
A qui j'ay donnee
M'amour, et le cuer de mi.

Car la manne descendi
Et douceur aussi,
Par quoi m'ame saoulee
Fu dou fruit de Dous ottri,
Que Pite cueilli
En sa face coulouree.
La fu bien l'onnour gardee
De la renommee
De son cointe corps joli ;
Qu'onques villeine pensee
Ne fu engendree
Ne nee entre moy et li.
Onques si bonne journee, &c.

Souffisance m'enrichi
Et Plaisance si,
Qu'onques creature nee
N'ot le cuer fi assevi,
N'a mains de sousci,
Ne joie si affinee.
Car la deesse honnouree
Qui fait l'assemblee
D'amours, d'amie & d'ami,
Coppa le chief de s'espee
Qui est bien empree,
A Dangier, mon anemi.
Onques si bonne journee, &c.

Ma dame l'enseveli
 Et Amours, par si
Que sa mort fust tost plource.
N'onques Honneur ne souffri
 (Dont je l'en merci)
Que messe li fu chantee.
Sa charongne trainee
 Fu sans demouree
En un lieu dont on dit : fi !
S'en fu ma joie doublee,
 Quant Honneur l'entree
Ot dou tresor de merci.
Onques si bonne journee, &c.

VII

FROISSART's youth was given up to poetry as his age was to history. He wrote a vast quantity of the short formal pieces which were fashionable, and which were often inserted in longer poems of an allegorical-amatory kind. Many of these are directly or indirectly autobiographical.

VIRELAI OF THE MOURNING LOVER

Se je sui vestis de noir,
      C'est drois pour mi,
Car j'ai le coer si marri,
      Au dire voir,
Que sus moi ne doit avoir
      Riens de joli.

Parles a ces amoureus,
Les jolis, les gracieus,
      Les envoisies,
Et laissies les ancieus,
Les tristes, les dolereus
      Et les blecies.

Faire un peu de leur voloir,
     Je vous en pri ;
Car il sont en tel parti
     Que main ne soir
De resjoir n'est pooir.
     Pour moi le di :
Se je sui, &c.

Penses vous que ce soit jeus
D'estre melancolieus
     Ne courecies ?
Nennil, et je sui de ceuls,
Qui ne puis estre joieus,
     Bien le sacies.

Car je n'ai sens ne espoir
     D'avoir merci ;
Quanque soit jour ne demi,
     Que poet valoir ?
Homs qui vit en desespoir
     C'est dur pour li.
Se je sui, &c.

VIII

Eustache Deschamps was a more voluminous poet even than Guillaume de Machault. He wrote nearly 1200 ballades. Much of his work is somewhat tedious moralising, but his political poems are often spirited.

VIRELAI. AM I FAIR?

Sui-je, sui-je, sui-je belle ?
Il me semble, a mon avis,
Que j'ay beau front et doulz viz,
Et la bouche vermeilette ;
Dictes moy se je sui belle.

J'ay vers yeulx, petit sourcis,
Le chief blont, le nez traitis,
Ront menton, blanche gorgette ;
Sui-je, sui-je, sui-je belle ? &c.

J'ay dur sain et hault assis,
Lons bras, gresles doys aussis,
Et, par le faulx, sui greslette ;
Dictes moy se je sui belle.

J'ay piez rondes et petiz,
Bien chaussans, et biaux habis,
Je sui gaye et foliette ;
Dictes moy se je sui belle.

J'ay mantiaux fourrez de gris,
J'ay chapiaux, j'ay biaux proffis,
Et d'argent mainte espinglette ;
Sui-je, sui-je, sui-je belle ?

J'ay draps de soye, et tabis,
J'ay draps d'or, et blanc et bis,
J'ay mainte bonne chosette ;
Dictes moy se je sui belle.

Que quinze ans n'ay, je vous dis ;
Moult est mes tresors jolys,
S'en garderay la clavette ;
Sui-je, sui-je, sui-je belle ?

Bien devra estre hardis
Cilz, qui sera mes amis,
Qui ora tel damoiselle ;
Dictes moy se je sui belle.

Et par dieu, je li plevis,
Que tres loyal, se je vis,
Li seray, si ne chancelle ;
Sui-je, sui-je, sui-je belle ?

Se courtois est et gentilz,
Vaillans, apers, bien apris,
Il gaignera sa querelle ;
Diƈtes moy se je sui belle.

C'est uns mondains paradiz
Que d'avoir dame toudiz,
Ainsi fresche, ainsi nouvelle ;
Sui-je, sui-je, sui-je belle ?

Entre vous, acouardiz,
Pensez a ce que je diz ;
Cy fine ma chansonnelle ;
Sui-je, sui-je, sui-je belle ?

IX

THIS collection would hardly be complete without a specimen of the moral lyric which was so popular in the fifteenth century. Of this ALAIN CHARTIER was certainly the master. His love poems are sincere, but heavy; and he gained Queen Margaret's kiss somewhat easily; but there is a dignity about the following which anticipates the sixteenth century:

BALLADE OF WISE LIVING

O folz des folz, et les folz mortelz hommes,
Qui vous fiez tant es biens de fortune
En celle terre, es pays ou nous sommes,
Y avez-vous de chose propre aucune?
Vous n'y avez chose vostre nes-une,
Fors les beaulx dons de grace et de nature.
Se Fortune donc, par cas d'adventure
Vous toult les biens que vostres vous tenez,
Tort ne vous fait, aincois vous fait droicture,
Car vous n'aviez riens quant vous fustes nez.

Ne laissez plus le dormir a grans sommes
En vostre lict, par nuict obscure et brune,
Pour acquester richesses a grans sommes.
Ne convoitez chose dessoubz la lune,
Ne de Paris jusques a Pampelune,
Fors ce qui fault, sans plus, a creature
Pour recouvrer sa simple nourriture.
Souffise vous d'estre bien renommez,
Et d'emporter bon loz en sepulture :
Car vous n'aviez riens quant vous fustes nez.

Les joyeulx fruictz des arbres, et les pommes,
Au temps que fut toute chose commune,
Le beau miel, les glandes et les gommes
Souffisoient bien a chascun et chascune :
Et pour ce fut sans noise et sans rancune.
Soyez contens des chaulx et des froidures,
Et me prenez Fortune doulce et seure.
Pour vos pertes, griefve dueil n'en menez,
Fors a raison, a point, et a mesure,
Car vous n'aviez riens quant vous fustes nez.

Se Fortune vous fait aucune injure,
C'est de son droit, ja ne l'en reprenez,
Et perdissiez jusques a la vesture :
Car vous n'aviez riens quant vous fustes nez.

X

CHARLES D'ORLÉANS was unquestionably the chief master in point of grace of the artificial poetry of the fourteenth and fifteenth centuries. His rondels, in which he chiefly excelled, are here printed in thirteen lines; some add a fourteenth by repeating the second line twice, but this seems a mistake.

RONDEL

Le temps a laissie son manteau
De vent, de froidure et de pluye,
Et s'est vestu de brouderie,
De soleil luyant, cler et beau.

Il n'y a beste, ne oyseau,
Qu'en son jargon ne chante ou crie :
Le temps a laissie son manteau
De vent, de froidure et de pluye.

Riviere, fontaine et ruisseau
Portent, en livree jolie,
Gouttes d'argent d'orfavrerie,
Chascun s'abille de nouveau :
Le temps a laissie son manteau.

RONDEL

Les fourriers d'Este sont venus
Pour appareillier son logis,
Et ont fait tendre ses tappis,
De fleurs et verdure tissus.

En estandant tappis velus,
De vert herbe par le pais,
Les fourriers d'Este sont venus
Pour appareillier son logis.

Cueurs d'ennuy pieca morfondus,
Dieu mercy, sont sains et jolis ;
Alez vous en, prenez pais,
Yver, vous ne demourres plus :
Les fourriers d'Este sont venus.

RONDEL

Cueur, que fais-tu ?   Revenge toy
De Soussy et Merencolie ;
C'est deshonneur et villenie
De laschement se tenir coy.

Je t'ayderay, quant est a moy,
Voulentiers ; or ne te fains mie.
Cueur, que fais-tu ?   Revenge toy
De Soussy et Merencolie.

N'espergne riens, scez tu pourquoy ?
Pource qu'abregeras ta vie
Se les tiens en ta compaignie.
Desconfiz les et prens leur foy.
Cueur, que fais-tu ?   Revenge toy.

RONDEL

Des arrerages de Plaisance,
Dont trop endebte m'est Espoir,
Se quelque part j'en peusse avoir,
Du surplus donnasse quictance.

Mais au pois et a la balance
N'en puis que bien peu recevoir
Des arrerages de Plaisance,
Dont trop endebte m'est Espoir.

Usure ou perte de chevance
Mettroye tout a non chaloir,
Se je savoye, a mon vouloir,
Recouvrer prestement finance
Des arrerages de Plaisance.

IRREGULAR RONDEAU

Ce n'est pas par ypocrisie,
Ne je ne suis point apostat
Pour tant se change mon estat
Es derreniers jours de ma vie.

J'ay garde, ou temps de jeunesse,
L'observance des amoureux.

Or m'en a boute hors vieillesse,
Et mis en l'ordre douloreux

Des chartreux de Merencolie,
Solitaire, sans nul esbat ;
A briefz motz, mon fait va de plat
Et pource, ne m'en blasmez mye,
Ce n'est pas par ypocrisie.

RONDEL

Serviteur plus de vous, Merencolie,
Je ne seray, car trop fort y traveille ;
Raison le veult et ainsi me conseille
Que le face, pour l'aise de ma vie.

　　A Non Chaloir vueil tenir compaignie,
Par qui j'auray repos sans que m'esveille.
Serviteur plus de vous, Merencolie,
Je ne seray, car trop fort y traveille.

　　Se de vous puis faire la departie,
Et il seurvient quelque estrange merveille,
Legierement passera par l'oreille !
Au contraire jamais nul ne me die
Serviteur plus de vous, Merencolie !

XI

As Charles d'Orléans is the most graceful, so FRANÇOIS VILLON is undoubtedly the strongest, most pathetic and most humorous lyrist of mediæval France. He is also one of the best known, and nothing need be said to introduce the four pieces which are his unquestioned masterpieces.

BALLADE DES DAMES DU TEMPS JADIS

Dictes-moy ou, n'en quel pays,
Est Flora, la belle Romaine ;
Archipiada, ne Thais,
Qui fut sa cousine germaine ;
Echo, parlant, quand bruyt on maine,
De sus riviere ou sus estan,
Qui beaute eut trop plus qu'humaine ?
Mais ou sont les neiges d'antan !

Ou est la tres sage Helois,
Pour qui fut chastre et puis moyne
Pierre Esbaillart a Sainct-Denys
(Pour son amour eut cest essoyne) ?

Semblablement, ou est la royne
Qui commanda que Buridan
Fut jette en ung sac en Seine ?...
Mais ou sont les neiges d'antan !

La royne blanche comme ung lys,
Qui chantoit a voix de sereine ;
Berthe au grand pied, Bietris, Allys ;
Harembourges, qui tint le Mayne,
Et Jehanne, la bonne Lorraine,
Qu'Anglois bruslerent a Rouen ;
Ou sont-ilz, vierge souveraine ?...
Mais ou sont les neiges d'antan !

ENVOI

Prince, n'enquerez, de sepmaine
Ou elles sont, ne de cest an,
Que ce refrain ne vous remaine :
Mais ou sont les neiges d'antan !

BALLADE

Que Villon feit a la requeste de sa mere, pour prier
Nostre-Dame.

Dame des cieulx, regente terrienne,
Emperiere des infernaulx palux,
Recevez-moy, vostre humble chrestienne,
Que comprinse soye entre voz esleuz,
Ce non obstant qu'oncques rien ne valuz.
Les biens de vous, ma dame et ma maistresse,
Sont trop plus grans que ne suis pecheresse ;
Sans lesquelz biens ame ne peult merir,
N'entrer es cieulz, je n'en suis menteresse :
En ceste foy, je vueil vivre et mourir.

A vostre filz, diĉtes que je suis sienne ;
De luy soyent mes pechez aboluz :
Qu'il me pardonne, comme a l'Egyptienne,
Ou comme il feit au clerc Theophilus,
Lequel par vous fut quitte et absoluz,
Combien qu'il eust au diable faiĉt promesse.
Preservez-moy, que point ne face cesse
Vierge, portant, sans rompure encourir,
Le sacrement qu'on celebre a la messe :
En ceste foy, je vueil vivre et mourir.

Femme je suis povrette et ancienne,
Ne riens ne sçay ; oncques lettre ne leuz ;
Au monstier voy, dont suis parroissienne,
Paradis painct, ou sont harpes et luz,
Et ung enfer ou damnez sont boulluz :
L'ung me faict paour ; l'autre, joye et liesse.
La joye avoir fais-moy, haulce deesse,
A qui pecheurs doivent tous recourir,
Comblez de foy, sans faincte ne paresse :
En ceste foy, je vueil vivre et mourir.

Envoi

Vous portastes, Vierge digne princesse,
Jesus regnant, qui n'a ne fin, ne cesse.
Le tout-puissant, prenant nostre foiblesse
Laissa les cieulx, et nous vint secourir
Offrist a mort sa tres chere jeunesse ;
Nostre Seigneur tel est, tel le confesse ;
En ceste foy, je vueil vivre et mourir.

LAY OU PLUSTOST RONDEAU

Mort, j'appelle de ta rigueur,
Qui m'as ma maistresse ravie,
Et n'es pas encore assouvie,
Se tu ne me tiens en langueur.
Depuis n'euz force ne vigueur ;
Mais que te nuysoit-elle en vie,
      Mort ?

Deux estions, et n'avions qu'ung cueur,
S'il est mort, force est que devie ;
Voire, ou que je vive sans vie,
Comme les images par cueur,
      Mort !

L'EPITAPHE EN FORME DE BALLADE

Que feit Villon pour luy et ses compaignons, s'attendant estre pendu avec eulx.

Freres humains, qui apres nous vivez,
N'ayez les cueurs contre nous endurciz,
Car, si pitie de nous pouvres avez,
Dieu en aura plustost de vous merciz.
Vous nous voyez cy attachez cinq, six :
Quant de la chair, que trop avons nourrie,
Elle est pieca devoree et pourrie,
Et nous, les os, devenons cendre et pouldre.
De nostre mal, personne ne s'en rie ;
Mais priez Dieu, que tous nous vueille absouldre !

Se vous clamons, freres, pas n'en devez
Avoir desdaing, quoyque fusmes occis
Par justice. Toutesfois, vous sçavez,
Que tous les hommes n'ont pas bon sens assis ;
Intercedez doncques, de cueur rassis,
Envers le filz de la Vierge Marie :
Que sa grace ne soit pour nous tarie,
Nous preservant de l'infernale fouldre.
Nous sommes mors, ame ne nous harie ;
Mais priez Dieu, que tous nous vueille absouldre !

La pluye nous a debuez et lavez,
Et le soleil, dessechez et noirciz ;
Pies, corbeaulx, nous ont les yeux cavez,
Et arrachez la barbe et les sourcilz.
Jamais, nul temps, nous ne commes rassis ;
Puis ça, puis la, comme le vent varie,
A son plaisir, sans cesser, nous charie,
Plus becquetez d'oyseaulx, que dez a couldre.
Hommes, icy n'usez de mocquerie,
Mais priez Dieu, que tous nous vueille absouldre !

Envoi

Prince Jesus, qui sur tous seigneurie,
Garde qu'enfer n'ayt de nous la maistrie ;
A luy n'ayons que faire ne que souldre ;
Ne soyez donc de nostre confrairie,
Mais priez Dieu, que tous nous vueille absouldre !

XII

France has always been strong in anonymous popular poetry, and the following pieces contrast remarkably, in their freshness and unstudied grace and strength, with the formal literary poetry of the age. It should, however, be said that, in some cases, the poems are undoubtedly older than the fifteenth century. In none are they younger. They are all taken from the *Chansons du XVe Siècle*, published by M. Gaston Paris for the Old French Text Society.

PASTOURELLE

Puisque Robin j'ay a non,
J'aymeray bien Marion.

Elle est gente et godinette,
Marionnette,
Plus que n'est femme pour vray,
Hauvay !
Plus que n'est femme pour vray.

E

D'or en avant je vueil estre
Plus grant maistre :
Pastoureau je deviendray,
    Hauvay !
Pastoureau je deviendray.

Et merray mes brebis pestre
    Sur l'erbette ;
Ma pannetiere saindray,
    Hauvay !
Ma pannetiere saindray.

Et sçay bien qu'il m'y fault mectre
    Pour repaistre :
Croyez que point n'y faudray,
    Hauvay !
Croyez que point n'y faudray.

Je suis seur qu'y fairons feste.
    Marionnette
Le m'a dit et je le croy,
    Hauvay !
Le m'a dit et je le croy.

DIALOGUE

Bergerotte savoysienne,
Qui gardes moutons aux praz,
Dy moy si vieulx estre myenne :
Je te donray uns soulas,
Je te donray uns soulas,
Et ung petit chapperon :
Dy moy se tu m'aymeras
Ou par la merande ou non.

Je suis la proche voisine
De Monsieur le Cura,
Et pour chose qu'on me die
Mon vouloir ne changera,
Mon vouloir ne changera,
Pour François ne Bourgoignon.
Par le cor De, si fera
Ou par la merande ou non.

THE GARDEN

L'amour de moi sy est enclose
Dedans un joly jardinet
Ou croist la rose et le muguet
Et aussi fait la passerose.

Ce jardin est bel et plaisant ;
Il est garny de toutes flours ;
On y prend son esbatement
Autant la nuit comme le jour.

Helas ! il n'est si douce chose
Que de ce doulx roussignollet
Qui chante au soir, au matinet :
Quant il est las il se repose.

Je la vy l'autre jour cueillir
La violette en ung vert pre,
La plus belle qu'oncques je veis
Et la plus plaisante a mon gre.

Je la regarde une pose :
Elle estoit blanche comme let,
Et douce comme un aignelet,
Vermeilette comme une rose.

BASSELIN'S DIRGE

Hellas ! Olivier Bachelin,
Orron nous plus de voz nouvelles ?
Vous ont les Anglois mis a fin ?

Vous soullies gaiment chanter
Et demener jouyeuse vie,
Et la blanche livree porter
Par le pais de Normandie.

Jusqu'a saint Gille en Coutantin,
En une compaignie tresbelle,
Oncques ne vy tel pellerin.

Les Anglois ont fait desraison
Aux compaignons du val de Vire :
Vous n'orez plus dire chançon
A ceulx qui les souloyent bien dire.

Nous prirons Dieu de bon cueur fin
Et la doulce Vierge Marie
Qu'il doynt aux Anglois male fin.

A FOLK SONG

Que faire s'amour me laisse ?
Nuit et jour ne puis dormir.

Quant je suis la nuyt couchee,
Me souvient de mon amy !

Je m'y levay toute nue,
Et prins ma robbe de gris.

Passe par la faulce porte
M'en entray en noz jardrins ;

J'ouy chanter l'alouecte
Et le rousignol jolis,

Qui disoit en son langaige,
" Veez cy mes amours venir,

En ung beau bateau sur Seine
Qui est couvert de sappin ;

Les cordons en sont de saye,
La voille en est de satin ;

Le grant mast en est d'iviere,
L'estournay en est d'or fin ;

Les mariniers qui le meynent
Ne sont pas de ce pais :

L'ung est filz du roy de France
Il porte la fleur de lis ;

L'aultre est filz....
Cestuy la est mon amy."

YOUTH

Laissez jouer jeunes gens.

    Jeunes gens doyvent jouer,
Nul ne les en doibt reprendre,
Rire, chanter et dancer,
Et faire tout ce qu'ilz pensent.
Quant ung homme a soixante ans
Et jeune femme le prent,
Elle est folle et s'en repend.
Laissez jouer jeunes gens.

    Nous prirons au doulx Jesus
Qu'il leur doint malle meschance,
A ces vieillars tout chenus
Qui parlent de nos enffances :
Plus en dient qu'il n'y a ;
Mais Dieu les en pugnira
Au grant jour du jugement.
Laissez jouer jeunes gens.

WAR SONG

Il fait bon veoir ces hommes d'armes
Quant ilz sont montes et bardes ;
Il fait beau veoir luyre ces armes
Dessoubz ces estandars dorez,
Et archers de l'autre couste
Pour ruer jus Lombars par terre.
Entre nous, gentilz compaignons,
    Suyvons la guerre.

Ruez, faulcons, ruez, bonbardes,
Serpentines et gros canons ;
Et montez sus chevaulx et bardes,
Sonnez, trompettes et clairons ;
Affin que bon butin gaingnons,
Et que puissons bon bruit acquerre,
Entre nous, gentilz compaignons,
    Suyvons la guerre.

RENÉ DE VAUDEMONT'S WAR SONG

Gentil duc de Lorainne, prince de grant renon,
Tu as la renommee jusques dela les mons,
Et toy et tes gens d'armes et tous tes compaignons
Du premier coup qu'il frappe abatit les danjons ;
Tirez, tirez, bombardes, serpentines, canons.
" Nous suymes gentilzhommes : prenez nous a rançon."
" Vous mentés par la gorge, vous n'estes que larons,
Et violeurs de femmes, et bruleurs de maisons :
Vous en aurez la corde par dessoubz le manton,
    Et sy orrez matines au chant des oysoillons,
Et sy orrez la messe que les corbins diront."

XIII

CLÉMENT MAROT stands between the middle ages and the Renaissance, partaking of both. The following pieces illustrate his various manners:—

FRERE LUBIN

Pour courir en poste à la ville
Vingt foys, cent foys, ne sçay combien ;
Pour faire quelque chose vile,
Frère Lubin le fera bien ;
Mais d'avoir honneste entretien,
Ou mener vie salutaire,
C'est à faire à un bon chrestien,
Frère Lubin ne le peult faire.

Pour mettre (comme un homme habile)
Le bien d'autruy avec le sien,
Et vous laisser sans croix ne pile,
Frère Lubin le fera bien :

On a beau dire je le tien,
Et le presser de satisfaire,
Jamais ne vous en rendra rien,
Frère Lubin ne le peult faire.

     Pour desbaucher par un doulx stile
Quelque fille de bon maintien,
Point ne fault de vieille subtile,
Frère Lubin le fera bien.
Il presche en théologien,
Mais pour boire de belle eau claire,
Faictes la boire à vostre chien,
Frère Lubin ne le peult faire.

Envoy

     Pour faire plus tost mal que bien,
Frère Lubin le fera bien ;
Et si c'est quelque bon affaire,
Frère Lubin ne le peult faire.

DEDANS PARIS

Dedans Paris, ville jolie,
Un jour, passant melancolie,
Je prins alliance nouvelle
A la plus gaye damoyselle
Qui soit d'icy en Italie.

D'honnesteté elle est saisie,
Et croy—selon ma fantasie—
Qu'il n'en est guères de plus belle
Dedans Paris.

Je ne la vous nommeray mye,
Si non que c'est ma grand'amye ;
Car l'alliance se feit telle
Par un doulx baiser que j'eus d'elle,
Sans penser aucune infamie,
Dedans Paris.

EN LA BAISANT

En la baisant m'a dit : "Amy sans blasme,
Ce seul baiser, qui deux bouches embasme,
Les arres sont du bien tant espéré."
Ce mot elle a doulcement proféré,
Pensant du tout appaiser ma grand' flame.

Mais le mien cueur adonc plus elle enflame,
Car son alaine odorant plus que basme
Souffloit le feu qu'Amour m'a préparé,
   En la baisant.

Bref, mon esprit, sans congnoissance d'ame,
Vivoit alors sur la bouche à ma dame,
Dont se mouroit le corps enamouré ;
Et si la levre eust guères demouré
Contre la mienne, elle m'eust succé l'ame
   En la baisant.

AU BON VIEULX TEMPS

Au bon vieulx temps un train d'amour regnoit
Qui sans grand art et dons se demenoit,
Si qu'un bouquet donné d'amour profonde,
C'estoit donné toute la terre ronde,
Car seulement au cueur on se prenoit.

Et si par cas à jouyr on venoit,
Sçavez-vous bien comme on s'entretenoit ?
Vingt ans, trente ans : cela duroit un monde
          Au bon vieulx temps.

Or est perdu ce qu'amour ordonnoit :
Rien que pleurs fain&z, rien que changes on n'oyt
Qui vouldra donc qu'à aymer je me fonde,
Il fault premier que l'amour on refonde,
Et qu'on la meine ainsi qu'on la menoit
          Au bon vieulx temps.

CHANSON

Dieu gard ma maistresse et régente,
Gente de corps et de façon.
Son cueur tient la mien en sa tente
Tant et plus d'un ardant frisson.
S'on m'oyt poulser sur ma chansou
Son de lucz ou harpes doulcettes,
C'est espoir qui sans marrisson
Songer me faiĉt en amourettes.

La blanche colombelle belle
Souvent je voys priant criant :
Mais dessoubz la cordelle d'elle
Me jeĉte un œil friant, riant,
En me consommant et sommant
A douleur qui ma face efface,
Dont suis le reclamant amant
Qui pour l'oultrepasse trespasse.

Dieu des amans, de mort me garde,
Me gardant donne moy bonheur,
Et me le donnant prens ta darde,
En la prenant navre son cueur ;

En le navrant me tiendras seur,
En seurté suyvray l'accointance ;
En l'accointant. ton serviteur
En servant aura jouyssance.

XIV

Pierre de Ronsard, "Prince of Poets," was the most famous French man of letters between Rabelais and Montaigne. He founded and headed the Pléiade, a group of seven poets, whose object was to graft upon French the excellences of Greek and Roman literature. Du Bellay, Belleau, and Baïf, examples of whose work follow, were of the number, and all the following poets as far as Regnier were Ronsardists.

CHANSON

Quand ce beau printemps je voy,
  J'apperçoy
Rajeunir la terre et l'onde,
Il me semble que le jour
  Et l'amour
Comme enfans naissent au monde.

Le jour qui plus beau se fait
  Nous refait

Plus belle et verde la terre ;
Et amour, armé de traits
  Et d'attraits,
En nos cœurs nous fait la guerre.

Il respand de toutes parts
  Feux et dards,
Et dompte sous sa puissance
Hommes, bêtes et oyseaux,
  Et les eaux
Lui rendent obéissance.

Vénus avec son enfant
  Triomphant
Au haut de son coche assise,
Laisse ses cygnes voler
  Parmi l'air
Pour aller voir son Anchise.

Quelque part que ses beaux yeux
  Par les cieux
Tournent leurs lumières belles,
L'air qui se montre serein,
  Est tout plein
D'amoureuses estincelles.

Puis en descendant à bas
  Sous ses pas
Naissent mille fleurs escloses :
Les beaux lys et les œillets
  Vermeillets
Rougissent entre les roses.

Je sens en ce mois si beau
  Le flambeau
D'amour qui m'eschauffe l'ame,
Y voyant de tous costez
  Les beautez
Qu'il emprunte de ma dame.

Quand je voy tant de couleurs
  Et de fleurs
Qui esmaillent un rivage,
Je pense voir le beau teint
  Qui est peint
Si vermeil en son visage.

Quand je voy les grands rameaux
  Des ormeaux
Qui sont lacez de lierre,
Je pense etre pris ez laz
  De ses bras,
Et que mon col elle serre.

Quand j'enten la douce voix
       Par les bois
Du gai rossignol qui chante,
D'elle je pense jouyr,
       Et ouyr
Sa douce voix qui m'enchante.

Quand je voy en quelque endroit
       Un pin droit,
Ou quelque arbre qui s'eslève,
Je me laisse decevoir,
       Pensant voir
Sa belle taille et sa grève.

Quand je voy dans un jardin
       Au matin
S'esclorre une fleur nouvelle,
J'accompare le bouton
       Au téton
De son beau sein qui pommelle.

Quand le soleil tout riant
       D'Orient
Nous monstre sa blonde tresse,
Il me semble que je voy
       Devant moy
Lever ma belle maitresse.

Quand je sens parmi les prez
     Diaprez
Les fleurs dont la terre est pleine,
Lors je fais croire à mes sens
     Que je sens
La douceur de son haleine.

Bref, je fais comparaison,
     Par raison,
Du printemps et de ma mie
Il donne aux fleurs la vigueur,
     Et mon cœur
D'elle prend vigueur et vie.

Je voudrois au bruit de l'eau
     D'un ruisseau
Deplier ses tresses blondes,
Frisant en autant de nœuds
     Ses cheveux,
Que je verrois friser d'ondes.

Je voudrais pour la tenir,
     Devenir
Dieu de ces forets désertes,
La baisant autant de fois
     Qu'en un bois
Il y a de feuilles vertes.

Ha ! maistresse mon souci
          Vien icy,
Vien contempler la verdure !
Les fleurs de mon amitié
          Ont pitié,
Et seule tu n'en as cure.

Au moins, lève un peu tes yeux
          Gracieux,
Et voy ces deux colombelles,
Qui font naturellement
          Doucement
L'amour du bec et des ailes.

Et nous, sous ombre d'honneur,
          Le bonheur
Trahissons par une crainte.
Les oyseaux sont plus heureux,
          Amoureux,
Qui font l'amour sans contrainte.

Toutefois ne perdons pas
          Nos esbats
Pour ces lois tant rigoureuses ;
Mais, si tu m'en crois, vivons,
          Et suyvons
Les colombes amoureuses.

Pour effacer mon esmoy
    Baise-moy,
Rebaise-moy, ma déesse :
Ne laissons passer en vain
    Si soudain
Les ans de nostre jeunesse.

ODE

Ma petite colombelle,
Ma mignonne toute belle,
Mon petit œil, baisez-moy :
D'une bouche toute pleine
De musc, chasse-moy la peine
De mon amoureux esmoy.

Quand je vous dirai : " Mignonne,
Approchez-vous ; qu'on me donne
Neuf baisers tout à la fois,"
Donnez-m'en seulement trois.

Tels que Diane guerrière
Les donne à Phœbus son frère,
Et l'aurore à son vieillard ;
Puis reculez vostre bouche,
Et bien loin toute farouche
Fuyez d'un pied frétillard.

Comme un taureau par la prée
Court après son amourée,
Ainsi tout chaud de courroux
Je courrai fol apres vous ;

Et, prise d'une main forte,
Vous tiendrai de telle sorte
Qu'un aigle un cygne tremblant :
Lors, faisant de la modeste,
De me redonner le reste
Des baisers ferez semblant.

Mais en vain serez pendante
Toute à mon col attendante—
Tenante un peu l'œil baissé—
Pardon de m'avoir laissé.

Car en lieu de six adonques
J'en demanderai plus qu'onques
Tout le ciel d'étoiles n'eut,
Plus que d'arène poussée
Aux bords, quand l'eau courroucée
Contre les rives s'esmeut.

ODE

Bel aubespin florissant,
    Verdissant,
Le long de ce beau rivage,
Tu es vestu jusqu'au bas
    Des longs bras
D'une lambrunche sauvage.

Deux camps de rouges fourmis
    Se sont mis
En garnison sur ta souche :
Dans les pertuis de ton tronc,
    Tout du long,
Les avettes ont leur couche.

Le chantre rossignolet
    Nouvelet,
Courtisant sa bien-aimée,
Pour ses amours alléger,
    Vient loger
Tous les ans en ta ramée.

Sur ta cime il fait son ny
    Tout uny

De mousse et de fine soye,
Où ses petits esclorront,
    Qui feront
De mes mains la douce proye.

Or, vy, gentil aubespin,
    Vy sans fin,
Vy sans que jamais tonnerre,
Ou la coignée, ou les vents,
    Ou les temps,
Te puissent ruer par terre.

ODE

Quand je suis vingt ou trente mois
Sans retourner en Vendosmois,
Plein de pensées vagabondes,
Plein d'un remords et d'un soulcy,
Aux rochers je me plains ainsi,
Aux bois, aux antres et aux ondes.

Rochers, bien que soyez âgés
De trois mille ans, vous ne changez
Jamais ni d'esclat ni de forme :
Mais toujours ma jeunesse fuit,
Et la vieillesse qui me suit,
De jeune en vieillard me transforme.

Bois, bien que perdiez tous les ans,
En l'hiver, vos cheveux mouvants,
L'an d'après qui se renouvelle,
Renouvelle aussi votre chef :
Mais le mien ne peut derechef
Ravoir sa perruque nouvelle.

Antres, je me suis vu chez vous
Avoir jadis verts les genoulx,

Le corps habile et la main bonne :
Mais ores j'ai le corps plus dur
Et les genoulx que n'est le mur
Qui froidment vous environne.

Ondes, sans fin vous promenez
Et vous menez et ramenez
Vos flots d'un cours qui ne séjourne
Et moi, sans faire long séjour,
Je m'en vais de nuit et de jour
Au lieu d'où plus on ne retourne.

A MARGUERITE

En mon cœur n'est point escrite
La rose, ni autre fleur,
C'est toi, belle Marguerite,
Par qui j'ai cette couleur.

N'es-tu celle dont les yeux
    Ont surpris,
Par un regard gracieux
    Mes esprits !
Puisque ta sœur de haut prix,

Ta sœur, pucelle d'eslite,
N'est cause de ma douleur,
C'est donc pour toi, Marguerite,
Que je pris cette couleur.

Un soir ma fièvre naquit,
    Quand mon cœur
Pour maitresse te requit :
    Mais rigueur
D'une amoureuse langueur

Soudain paya mon mérite,
Me donnant cette paleur,

Pour t'aimer trop, Marguerite,
Et ta vermeille couleur.

Hé ! quel charme pourrait bien
      Consumer
Le soulcy qui s'est fait mien,
      Pour aimer ?
De mon tourment si amer

La jouissance subite
Seule ôterait le malheur
Que me donna Marguerite,
Par qui j'ai cette couleur.

ODE

Mignonne, allons voir si la rose
Qui, ce matin, avoit desclose
Sa robe de pourpre au soleil,
A point perdu, cette vesprée,
Les plis de sa robe pourprée
Et son teint au vostre pareil.

Las ! voyez comme, en peu d'espace,
Mignonne, elle a dessus la place,
Las, las, ses beautez laissé cheoir !
O vrayment marastre nature,
Puisqu'une telle fleur ne dure
Que de matin jusques au soir !

Donc, si vous me croyez, mignonne,
Tandis que vostre âge fleuronne
En sa plus verte nouveauté,
Cueillez, cueillez vostre jeunesse :
Comme à cette fleur, la vieillesse
Fera ternir vostre beauté.

XV

JOACHIM DU BELLAY was the best prose writer of the Pléiade, and the best poet next to Ronsard. His treatise "De la Deffense et Illustration de la Langue Française" was the handbook of French literature for fifty years.

D'UN VANNEUR DE BLED AUX VENTS

A vous, trouppe légère,
Qui d'aile passagère
Par le monde volez,
Et d'un siflant murmure
L'ombrageuse verdure
Doucement esbranlez,

J'offre ces violettes,
Ces lis et ces fleurettes,
Et ces roses icy,
Ces merveillettes roses,
Tout freschement écloses,
Et ces œillets aussi.

De vostre douce haleine
Evantez ceste plaine,
Evantez ce sejour :
Ce pendant que j'ahanne
A mon blé que je vanne
A la chaleur du jour.

VILLANELLE A MARGUERITE

En ce mois délicieux,
Qu'amour toute chose incite,
Un chacun, à qui mieux mieux,
La douceur du temps imite ;
Mais une rigueur despite
Me fait pleurer mon malheur :
Belle et franche Marguerite,
Pour vous j'ay ceste douleur.

Dedans vostre œil gracieux
Toute douceur est escritte,
Mais la douceur de vos yeux
En amertume est confite ;
Souvent la couleuvre habite
Dessous une belle fleur :
Belle et franche Marguerite.
Pour vous j'ay ceste douleur.

Or, puis que je deviens vieux
Et que rien me profite,
Desespéré d'avoir mieux,
Je m'en iray rendre hermite ;
Je m'en iray rendre hermite,

Pour mieux pleurer mon malheur :
Belle et franche Marguerite,
Pour vous j'ay ceste douleur.

　Mais si la faveur des dieux
Au bois vous avoit conduite,
Où, despéré d'avoir mieux,
Je m'en iray rendre hermite ;
Peut estre que ma poursuite
Vous feroit changer couleur :
Belle et franche Marguerite,
Pour vous j'ay ceste douleur.

XVI

Rémy Belleau's especial merit was in the observation
and representation of nature.

AVRIL

Avril, l'honneur et des bois
      Et des mois :
Avril, la douce espérance
Des fruicts qui, sous le coton
      Du bouton,
Nourrissent leur jeune enfance ;

Avril, l'honneur des prez verds,
      Jaunes, pers,
Qui d'une humeur bigarrée,
Emaillent de mille fleurs
      De couleurs,
Leur parure diaprée ;

Avril, l'honneur des soupirs
  Des zéphyrs
Qui, sous le vent de leur aele
Dressent encor, ès forests,
  Des doux rets.
Pour ravir Flore la belle ;

Avril, c'est ta douce main
  Qui, du sein
De la nature, desserre
Une moisson de senteurs
  Et de fleurs,
Embasmant l'air et la terre ;

Avril, l'honneur verdissant,
  Florissant
Sur les tresses blondelettes
De ma dame, et de son sein
  Tousjours plein
De mille et mille fleurettes ;

Avril, la grace, et le ris
  De Cypris,
Le flair et la douce haleine ;
Avril, le parfum des dieux,
  Qui, des cieux,
Sentent l'odeur de la plaine ;

C'est toy, courtois et gentil,
    Qui d'exil
Retires ces passagères,
Ces arondelles qui vont,
    Et qui sont
Du printemps les messagères.

L'aubespine et l'aiglantin,
    Et le thym,
L'œillet, le lis, et les roses,
En ceste belle saison,
    A foison,
Monstrent leurs robes écloses.

Le gentil rossignolet,
    Doucelet,
Découpe dessous l'ombrage
Mille fredons babillars
    Frétillars,
Au doux chant de son ramage.

C'est à ton heureux retour
    Que l'amour
Souffle, à doucettes haleines
Un feu croupi et couvert
    Que l'hyver
Recéloit dedans nos veines.

Tu vois, en ce temps nouveau,
    L'essaim beau
De ces pillardes avettes
Volleter de fleur en fleur,
    Pour l'odeur
Qu'ils mussent en leurs cuissettes.

May vantera ses fraischeurs,
    Ses fruicts meurs,
Et sa féconde rosée,
La manne et le sucre doux,
    Le miel roux,
Dont sa grace est arrosée.

Mais moy, je donne ma voix
    A ce mois
Qui prend le surnom de celle
Qui, de l'escumeuse mer,
    Veit germer
Sa naissance maternelle.

Antoine de Baïf was distinguished among the Pléiade for his adoption of classical models. He tried to naturalise the actual metres of Horace, but wisely gave them up.

DU PRINTEMPS

La froidure paresseuse
De l'yver a fait son temps ;
Voicy la saison joyeuse
Du délicieux printems.

La terre est d'herbes ornée,
L'herbe de fleurctes l'est ;
La feuillure retournée
Fait ombre dans la forest.

De grand matin, la pucelle
Va devancer la chaleur,
Pour de la rose nouvelle
Cueillir l'odorante fleur.

Pour avoir meilleure grace,
Soit qu'elle en pare son sein,
Soit que présent elle en fasse
A son amy, de sa main ;

Qui, de sa main l'ayant üe
Pour souvenance d'amour,
Ne la perdra point de vue,
Le baisant cent fois le jour.

Mais oyez dans le bocage
Le flageolet du berger,
Qui agace le ramage
Du rossignol bocager.

Voyez l'onde clère et pure
Se cresper dans les ruisseaux ;
Dedans, voyez la verdure
De ces voisins arbrisseaux.

La mer est calme et bonasse
Le ciel est serein et cler,
La nef jusqu'aux Indes passe ;
Un bon vent la fait voler.

Les ménagères avetes
Font ça et la un doux fruit,
Voletant par les fleurettes
Pour cueillir ce qui leur duit.

En leur ruche elles amassent
Des meilleures fleurs la fleur,
C'est à fin qu'elles en fassent
Du miel la douce liqueur.

Tout résonne des voix nettes
De toutes races d'oyseaux,
Par les chams, des alouetes,
Des cygnes, dessus les eaux.

Aux maisons, les arondelles.
Les rossignols, dans les boys,
En gayes chansons nouvelles
Exercent leurs belles voix.

Doncques, la douleur et l'aise
De l'amour je chanteray,
Comme sa flame ou mauvaise,
Ou bonne, je sentiray.

Et si le chanter m'agrée,
N'est-ce pas avec raison,
Puis qu'ainsi tout se recrée
Avec la gaye saison ?

XVIII

Olivier de Magny, lover of the poetess Louise Labé, died
young. His work in his short life was voluminous and sweet.

A CASTIANIRE PALLE & TRISTE

Quelz ennuys,
Jours ou nuiftz
T'osent ma mignonne joindre,
Pour ton miel,
De leur fiel
Ainsi félonnement oindre?

Ta couleur
De valeur,
N'est plus celle de l'Aurore,
Et ton teint
Chaste & saint,
Blesmissant se descolore :

Tout pareil
Au vermeil
Que la pluye lave, & baigne,
Et qui naist,
Pur, & net,
Dans le sein d'une campaigne.

Et ces yeulx,
Que les dieux
Béans comme moy adorent,
Et ce port,
Tant accort,
Que tous les hommes honorent :

Ne vont tant
Surmontant
Les fiertez des plus rebelles.
Que souloient,
Quand vouloient,
De leurs excellances belles.

O malheur !
O douleur !
O trop dommageable perte !
O vous cieulx,
Curieux
De sa tristesse soufferte !

Desormais,

Je prometz

De chanter en toute place,

Et voz jeux

Outrageux,

Et l'aigreur de ma disgrace.

Ce pendant,

Atendant

Que ta purité je vange,

Par des vers

Descouvers

En l'œuvre de ta louange :

Chasse au loing

Et le soing,

Et la destresse mutine,

Qui te suyt,

Et te nuyt,

Et te pallit, & chagrine.

Trop à temps

Ton printemps,

Tes doux ans, & ta jeunesse,

Passeront,

Et seront

Talonnez de la vieillesse.

Et pour mieux
L'envieux,
Et ton angoisse destruyre,
Et au pas
Du trespas,
Et l'un, & l'autre conduyre :

Vien soudain,
Comme un dain
Apres sa craintive mère,
Apaiser
D'un baiser
L'ire de ma peine amère.

Ça donc' vien,
Je suis tien,
Rien ne veux qui ne te plaise
Cinq fois trois,
Quinze fois,
Doucement, douce me baise.

Tout d'un fil
Quinze mil
D'autres baisers me délivre,
C'est l'honneur
Du bonheur
Qui me fait mourir & vivre.

Bref, autant

Baisottant

Me sois tu Nymphete douce,

Que de flotz

Sont descloz

Lors que la mer se courrousse.

Et encor'

Autant qu'or'

J'ay de pensers en mon ame,

Et de ventz

Se suyvans,

Souflans, esventans ma flame :

De sablons

Roulans blondz

Souz les ondes de Pactole,

Et de faictz

Imparfaictz

Depuis l'un à l'autre pôle :

De flambeaux

Clers, & beaux,

Luysans la nuict plus sereine,

Et d'apastz

Delicatz,

Aux douceurs de ton aleine.

H

A ton coul
Blanc, & moul,
Je me pandray, transy d'aise,
Toy au mien
Te soustien,
R'alumant la morte braize.

Enlassez,
Embrassez,
Nous domterons la mort noire,
Et ce dueil
Au cercueil
Envoyrons à nostre gloire.

Folastrons,
Et n'entrons
Si pensifz en resverie,
Noz esbatz
Mettent bas
L'orgueil de la facherie.

Par ainsi
Ton soucy,
Nous rendrons deffait, & blesme,
Et l'esmoy,
Qui sur moy
Darde sa rigueur extrême.

Et ton teinct,
Qui s'esteinct,
Par l'ennuy qui te renglace,
Sera veu
D'un doux feu
Renflammé dedans ta face.

Et ces yeux
Gracieux,
Reprendront leur vertu sainte,
Et ce port,
Sur le fort
Aura la victoire ateinte.

Moy heureux,
Amoureux,
Te serviray toute heureuse,
En espoir
De te voir
Egallement amoureuse.

XIX

VAUQUELIN DE LA FRESNAYE was a poet and a lawyer, not a usual mixture. His pastorals are very pretty.

ENTRE LES FLEURS

Entre les fleurs, entre les lis,
Doucement dormoit ma Philis,
Et tout autour de son visage,
Les petits Amours, comme enfans,
Jouoient, folastroient, triomphans,
Voyant des cieux la belle image.

J'admirois toutes ces beautez
Egalles à mes loyautez,
Quand l'esprit me dist en l'oreille :
Fol, que fais-tu? le temps perdu
Souvent est chèrement vendu ;
S'on le recouvre, c'est merveille.

Alors, je m'abbaissai tout bas,
Sans bruit je marchai pas à pas,
Et baisai ses lèvres pourprines :
Savourant un tel bien, je dis
Que tel est dans le paradis
Le plaisir des âmes divines.

PASTEURS, VOICI

Pasteurs, voici la fonteinette,
Où tousjours se venoit mirer,
Et ses beautez, seule, admirer
La pastourelle Philinette.

Voici le mont où de la bande
Je la vis la danse mener,
Et les nymphes l'environner
Comme celle qui leur commande.

Pasteurs, voici la verte prée
Où les fleurs elle ravissoit,
Dont, après, elle embellissoit
Sa perruque blonde et sacrée.

Ici, folastre et décrochée,
Contre un chesne elle se cacha :
Mais, par avant, elle tascha
Que je la visse estre cachée.

Dans cet antre secret encore,
Mile fois elle me baisa :
Mais, depuis, mon cœur n'apaisa
De la flamme qui le dévore.

Donc, à toutes ces belles places,
A la fontaine, au mont, au pré,
Au chesne, à l'antre tout sacré,
Pour ces dons, je rends mile gráces.

XX

PHILIPPE DESPORTES was one of the few persons who have made poetry pay. He was, however, as the following verses will show, by no means a bad poet.

VILLANELLE A ROSETTE

Rozette, pour un peu d'absence,
Vostre cœur vous avez changé,
Et moy, sçachant cette inconstance,
Le mien autre part j'ay rangé :

Jamais plus, beauté si légère
Sur moy tant de pouvoir n'aura :
Nous verrons, volage bergère,
Qui premier s'en repentira.

Tandis qu'en pleurs je me consume,
Maudissant cet esloignement,
Vous qui n'aimez que par coustume,
Caressiez un nouvel amant.

Jamais légère girouette
Au vent si tost ne se vira :
Nous verrons, bergère Rozette,
Qui premier s'en repentira.

Où sont tant de promesses saintes,
Tant de pleurs versez en partant ?
Est-il vray que ces tristes plaintes
Sortissent d'un cœur inconstant ?
Dieux ! que vous estes mensongère
Maudit soit qui plus vous croira !
Nous verrons, volage bergère,
Qui premier s'en repentira.

Celuy qui a gaigné ma place
Ne vous peut aymer tant que moy,
Et celle que j'aime vous passe
De beauté, d'amour et de foy.
Gardez bien vostre amitié neufve,
La mienne plus ne varira,
Et puis, nous verrons à l'espreuve
Qui premier s'en repentira.

XXI

JEAN DE LA TAILLE belongs to the remarkable group of writers who, under the inspiration of the Pléiade, and with one of its members, Jodelle, for their teacher, created the classical drama of France. His lyrics, however, exceed his dramas in positive value.

C'EST TROP PLEURÉ

C'est trop pleuré, c'est trop suivy tristesse,
Je veux en joye esbattre ma jeunesse
Laquelle encor, comme un printemps, verdoye
Faut-il tousjours qu'à l'estude on me voye ?
  C'est trop pleuré.

Mais que me sert d'entendre par science
Le cours des cieux, des astres l'influence,
De mesurer le ciel, la terre, et l'onde,
Et de voir mesme en un papier, le monde ?
  C'est trop pleuré.

Que sert, pour faire une ryme immortelle,
De me ronger et l'ongle et la cervelle,
Pousser souvent une table innocente,
Et de ternir ma face palissante ?
    C'est trop pleuré.

Mais que me sert d'ensuyvre, en vers, la gloire
Du grand Ronsard, de sçavoir mainte histoire,
Faire en un jour mille vers, mille et mille,
Et cependant mon cerveau se distille ?
    C'est trop pleuré.

Cependant l'âge, en beauté fleurissante,
Chet comme un lys, en terre languissante.
Il faut parler de chasse, et non de larmes,
Parler d'oyseaux, et de chevaux, et d'armes.
    C'est trop pleuré.

Il faut parler d'amour, et de liesse,
Ayant choisy une belle maitresse,
J'ayme, et j'honore et sa race et sa grâce ;
C'est mon Phœbus, ma Muse, et mon Parnasse :
    C'est trop pleuré.

Digne qu'un seul l'ayme, et soit aymé d'elle,
Luy soit espoux, amy, et serf fidelle,

Autant qu'elle est sage, belle et honneste,
Qui daigne bien de mes vers faire feste :
  C'est trop pleuré.

 Va-t'en, chanson, au sein d'elle te mettre,
A qui l'honneur—qui ne me doit permettre
Telle faveur—est plus cher que la vie.
Ha, que ma main porte à ton heur d'envie !
  C'est trop pleuré.

XXII

The Pléiade drama just alluded to, contributed some remarkable lyrical work in the choruses, which for the last fifty years of the 16th century were usual. Robert Garnier and Antoine de Montchrestien were the greatest Pléiade dramatists. The following is a chorus from Montchrestien's *La Carlaginoise*.

OYEZ NOS TRISTES VOIX

Oyez nos tristes voix,
Vous qui logez votre espérance au monde,
Vous dont l'espoir sur ce roseau se fonde,
Oyez-nous cette fois.

O ! que l'on voit souvent
La gloire humaine imiter la fleurette,
Au poinct du jour joyeuse et vermeillette,
Au soir cuite du vent.

Qui sur tous s'élevoit
Comme un sapin sur les basses bruyères,

Dedans le trone où tu le vis naguères
    La plus il ne se voit.

    Ton regard est bien clair
S'il peut de lui remarquer quelque trace,
Le lustre humain comme un songe s'efface,
    Passe comme un éclair.

    Penses-tu rien trouver
Que le destin n'altère d'heure en heure ?
Bien que le ciel ferme en son cours demeure
    Sa fin doit arriver.

    Le sceptre des grands rois
Est plus sujet aux coups de la fortune
Qu'aux vents mutins les ondes de Neptune,
    Aux foudres les hauts bois.

    Cessons, pauvres humains,
De concevoir tant d'espérances vaines,
Puisque aussitôt les grandeurs plus certaines
    Tombent hors de nos mains.

XXIII

THE two following poems are among the most famous productions of the whole Ronsardist tradition. The author, JEAN PASSERAT, was a contributor to the *Satire Ménippée*, and a man of wide culture.

ODE DU PREMIER JOUR DE MAI

Laissons le lit et le sommeil,
     Ceste journée :
Pour nous, l'Aurore au front vermeil
     Est desjà née.
Or, que le ciel est le plus gay,
En ce gracieus mois de May,
     Aimons, mignonne ;
Contentons nostre ardent désir :
En ce monde n'a du plaisir
     Qui ne s'en donne.

Viens, belle, viens te pourmener
Dans ce bocage,
Entens les oiseaus jargonner
De leur ramage.
Mais escoute comme sur tous,
Le rossignol est le plus dous,
Sans qu'il se lasse.
Oublions tout deuil, tout ennuy,
Pour nous resjouyr comme luy :
Le temps se passe.

Ce vieillard contraire aus amans,
Des aisles porte,
Et en fuyant nos meilleurs ans,
Bien loing amporte.
Quand ridée un jour tu seras,
Melancholique, tu diras:
J'estoy peu sage,
Qui n'usoy point de la beauté
Que si tost le temps a osté
De mon visage.

Laissons ce regret et ce pleur
A la vieillesse ;
Jeunes, il faut cueillir la fleur
De la jeunesse.

Or que le ciel est le plus gay
En ce gracieus mois de May,
    Aimons, mignonne ;
Contentons nostre ardent désir ;
En ce monde n'a du plaisir
    Qui ne s'en donne.

VILLANELLE

J'ai perdu ma tourterelle ;
Est-ce point celle que j'oy ?
Je veux aller après elle.

Tu regrettes ta femelle,
Hélas ! aussi fais-je moi,
J'ai perdu ma tourterelle.

Si ton amour est fidelle,
Aussi est ferme ma foy ;
Je veux aller après elle.

Ta plainte se renouvelle,
Toujours plaindre je me doy ;
J'ai perdu ma tourterelle.

En ne voyant plus la belle,
Plus rien de beau je ne voy ;
Je veux aller après elle.

Mort, que tant de fois j'appelle,
Prends ce qui se donne à toy !
J'ai perdu ma tourterelle ;
Je veux aller après elle.

XXIV

GILLES DURANT was, like Passerat, one of the *Ménippée* group, who played so important a part in political literature. These charming verses complete, in a manner not very common, the presentment of his character obtainable from the satire of the *Ane Ligueur*.

LE SOULCY

J'aime la belle violette,
L'œillet et la pensée aussi,
J'aime la rose vermeillette,
Mais surtout j'aime le soulcy.

Belle fleur, jadis amoureuse
Du Dieu qui nous donne le jour,
Te dois-je nommer malheureuse,
Ou trop constante en ton amour?

Ce Dieu qui en fleur t'a changée,
N'a point changé ta volonté:

Encor, belle fleur orangée,
Sens-tu l'effect de sa beauté ?

Toujours ta face languissante
Aux rais de son œil s'espanist,
Et quand sa lumière s'absente,
Soudain la tienne se ternist.

Je t'aime, soulcy misérable,
Je t'aime, malheureuse fleur,
D'autant plus que tu m'es semblable
Et en constance et en malheur.

J'aime la belle violette,
L'œillet et la pensée aussi;
J'aime la rose vermeillette,
Mais surtout j'aime le soulcy.

XXV

Mathurin Regnier was the last and, in some respects, the greatest of the followers of Ronsard. His chief work is satirical; but his lyrics have a strange note of truth and poetry.

ODE

Jamais ne pouray-je bannir
Hors de moy l'ingrat souvenir
De ma gloire si-tost passée?
Toujours pour nourrir mon soucy,
Amour, cet enfant sans mercy,
L'offrira-t-il à ma pensée!

Tyran implacable des cœurs,
De combien d'amères langueurs
As-tu touché ma fantaisie!
De quels maux m'as-tu tourmenté!
Et dans mon esprit agité
Que n'a point fait la jalousie!

Mes yeux, aux pleurs accoutumez,
Du sommeil n'estoient plus fermez ;
Mon cœur frémissoit souz la peine :
A veu d'œil mon tient jaunissoit ;
Et ma bouche qui gémissoit,
Des soupirs estoit tousjours pleine.

Aux caprices abandonné,
J'errois d'un esprit forcené,
La raison cédant à la rage :
Mes sens, des désirs emportez,
Flottoient, confus, de tous costez,
Comme un vaisseau parmy l'orage.

Blasphémant la terre et les cieux,
Mesmes je m'estois odieux,
Tant la fureur troubloit mon âme :
Et bien que mon sang amassé
Autour de mon cœur fust glacé,
Mes propos n'estoient que de flame.

Pensif, frénétique et resvant,
L'esprit troublé, la teste au vent,
L'œil hagard, le visage blesme,
Tu me fis tous maux esprouver ;
Et sans jamais me retrouver,
Je m'allois cherchant en moy-mesme.

Cependant lors que je voulois,
Par raison enfraindre tes loix,
Rendant ma flame refroidie,
Pleurant, j'accusay ma raison
Et trouvay que la guérison
Est pire que la maladie.

Un regret pensif et confus
D'avoir esté, et n'estre plus,
Rend mon âme aux douleurs ouverte;
A mes despens, las! je vois bien
Qu'un bonheur comme estoit le mien
Ne se cognoist que par la perte.

FRANÇOIS DE MALHERBE set himself to destroy the tradition of the Pléiade, and succeeded. His own work is correct, elegant, but for the most part cold. The piece here given is however, of its kind, one of the best in French.

CONSOLATION A MONSIEUR DU PÉRIER

Ta douleur, Du Périer, sera donc éternelle?
  Et les tristes discours
Que te met en l'esprit l'amitié paternelle
  L'augmenteront toujours?

Le malheur de ta fille, au tombeau descendue
  Par un commun trépas,
Est-ce quelque dédale ou ta raison perdue
  Ne se retrouve pas?

Je sais de quels appas son enfance étoit pleine,
  Et n'ai pas entrepris,
Injurieux ami, de soulager ta peine
  Avecque son mépris.

Mais elle étoit du monde, où les plus belles choses
    Ont le pire destin ;
Et, rose, elle a vécu ce que vivent les roses,
    L'espace d'un matin.

Puis quand seroit que, selon ta prière,
    Elle auroit obtenu
D'avoir en cheveux blancs terminé sa carrière,
    Qu'en fut-il advenu ?

Penses-tu que, plus vieille, en la maison céleste
    Elle eût eu plus d'accueil,
Ou qu'elle eût moins senti la poussière funeste
    Et les vers du cercueil ?

Non, non, mon Du Périer : aussitôt que la Parque
    Ote l'âme du corps,
L'âge s'évanouit au deçà de la barque,
    Et ne quit point les morts.

Tithon n'a plus les ans qui le firent cicale,
    Et Pluton aujourd'hui,
Sans égard du passé, les mérites égale
    D'Archémore et de lui.

Ne te lasse donc plus d'inutiles complaintes ;
    Mais, sage à l'avenir,
Aime une ombre comme ombre, et des cendres éteintes
    Éteins le souvenir.

C'est bien, je le confesse, une juste coutume,
    Que le cœur affligé,
Par le canal des yeux vidant son amertume,
    Cherche d'être allégé.

Même quand il advient que la tombe sépare
    Ce que nature a joint,
Celui qui ne s'émeut a l'âme d'un barbare,
    Ou n'en a du tout point.

Mais d'être inconsolable, et dedans sa mémoire
    Enfermer un ennui,
N'est-ce pas se haïr pour acquérir la gloire
    De bien aimer autrui?

Priam, qui vit ses fils abattus par Achille,
    Dénué de support
Et hors de tout espoir du salut de sa ville,
    Reçut du réconfort.

François, quand la Castille, inégale à ses armes,
    Lui vola son Dauphin,
Sembla d'un si grand coup devoir jeter des larmes
    Qui n'eussent point de fin.

Il les sécha pourtant, et comme un autre Alcide
    Contre fortune instruit,
Fit qu'à ses ennemis d'un acte si perfide
    La honte fût le fruit.

Leur camp, qui la Durance avoit presque tarie
    De bataillons épais,
Entendant sa constance eut peur de sa furie,
    Et demanda la paix.

De moi, déjà deux fois d'une pareille foudre
    Je me suis vu perclus,
Et deux fois la raison m'a si bien fait résoudre
    Qu'il ne m'en souvient plus.

Non qu'il ne me soit grief que la terre possède
    Ce qui me fut si cher;
Mais en un accident qui n'a point de remède,
    Il n'en faut point chercher.

La mort a des rigueurs à nulle autre pareilles;
    On a beau la prier,
La cruelle qu'elle est se bouche les oreilles,
    Et nous laisse crier.

Le pauvre en sa cabane, où le chaume le couvre,
    Est sujet à ses lois;
Et la garde qui veille aux barrières du Louvre
    N'en défend point nos rois.

De murmurer contre elle et perdre patience
    Il est mal à propos;
Vouloir ce que Dieu veut est la seule science
    Qui nous met en repos.

XXVII

THÉOPHILE DE VIAUD, a man of irregular life and not favoured by fortune, preserved in the dawn of the Classical period much of the fire and rugged force of the sixteenth century.

STANCES

Quand tu me vois baiser tes bras,
Que tu poses nuds sur tes draps,
Bien plus blancs que le linge mesme;
Quand tu sens ma bruslante main
Se pourmener dessus ton sein,
Tu sens bien, Cloris, que je t'ayme.

Comme un dévot devers les cieux,
Mes yeux tournez devers tes yeux,
A genoux auprès de ta couche,
Pressé de mille ardens désirs,
Je laisse sans ouvrir ma bouche
Avec toy dormir mes plaisirs.

Le sommeil, aise de t'avoir,
Empesche tes yeux de me voir
Et te retient dans son empire
Avec si peu de liberté
Que ton esprit tout arresté
Ne murmure ny ne respire.

La rose en rendant son odeur,
Le soleil donnant son ardeur,
Diane et le char qui la traine,
Une Naïade dedans l'eau,
Et les Grâces dans un tableau,
Font plus de bruict que ton haleine.

Là, je souspire auprès de toy,
Et, considérant comme quoy
Ton œil si doucement repose,
Je m'écrie : O ciel ! peux-tu bien
Tirer d'une si belle chose
Un si cruel mal que le mien !

XXVIII

THE reforms of Malherbe and others having greatly impoverished and restricted French lyric of the higher class, bacchanalian poetry became a refuge of those who disliked the restrictions of mere taste. Of these St. AMAND was the most remarkable.

THE ORGIE

Nous perdons le temps à rimer,
Amis, il ne faut plus chommer;
Voicy Bacchus qui nous convie
A mener bien une autre vie;
Nargue du Parnasse et des Muses,
Elles sont vieilles et camuses;
Nargue de leur sacré ruisseau,
De leur archet, de leur pinceau,
Et de leur verve poétique,
Qui n'est qu'une ardeur frénétique.
Pégase enfin n'est qu'un cheval,
Et pour moy je croy, cher Laval,

Que qui le suit et luy fait feste
Ne suit et n'est rien qu'une beste.

  Morbleu! comme il pleut là dehors!
Faisons pleuvoir dans nostre corps
Du vin, tu l'entens sans le dire,
Et c'est là le vray mot pour rire ;
Chantons, rions, menons du bruit,
Beuvons icy toute la nuit,
Tant que demain la belle Aurore
Nous trouve tous à table encore.
Loing de nous sommeil et repos ;
Boissat, lors que nos pauvres os
Seront enfermez dans la tombe
Par la mort, sous qui tout succombe,
Et qui nous poursuit au galop,
Las! nous ne dormirons que trop.
Prenons de ce doux jus de vigne ;
Je voy Faret qui se rend digne
De porter ce dieu dans son sein,
Et j'approuve fort son dessein.

  Bacchus! qui vois nostre desbauche,
Par ton sainct portrait que j'esbauche
En m'enluminant le museau
De ce trait que je boy sans eau ;
Par ta courronne de lierre,

Par la splendeur de ce grand verre,
Par ton thirse tant redouté,
Par ton éternelle santé,
Par l'honneur de tes belles festes,
Par tes innombrables conquestes,
Par les coups non donnez, mais bus,
Par tes glorieux attribus,
Par les hurlemens des ménades,
Per le haut goust des carbonnades,
Par tes couleurs blanc et clairet,
Par le plus fameux cabaret,
Par le doux chant de tes orgyes,
Par l'esclat des trognes rougies,
Par table ouverte à tout venant,
Par le bon caresme prenant,
Par les fins mots de ta cabale,
Par le tambour et la cymbale,
Par tes cloches qui sont des pots,
Par tes soupirs qui sont des rots,
Par tes hauts et sacres mystères,
Par tes furieuses panthères,
Par ce lieu si frais et si doux,
Par ton boucq paillard comme nous,
Par ta grosse garce Ariane,
Par le vieillard monte sur l'asne,

Par les Satyres tes cousins,
Par la fleur des plus beaux raisins,
Par ces bisques si renommées,
Par ces langues de bœuf fumées,
Par ce tabac, ton seul encens,
Par tous les plaisirs innocens,
Par ce jambon couvert d'espice,
Par ce long pendant de saucisse,
Par la majesté de ce broc,
Par masse, toppe, cric et croc,
Par cette olive que je mange,
Par ce gay passe-port d'orange,
Par ce vieux fromage pourry,
Bref, par Gillot, ton favory,
Reçoy-nous dans l'heureuse trouppe,
Ces francs chevaliers de la couppe,
Et, pour te montrer tout divin,
Ne la laisse jamais sans vin.

XXIX

J. B. Rousseau possessed a fine lyrical talent which the
standards of his day hardly permitted him to exhibit. His
epigrams were remarkable; the (chiefly religious) odes and
cantiques which he wrote were, perhaps, more remarkable
still.

PARAPHRASE OF HEZEKIAH'S SONG OF THANKSGIVING

J'ai vu mes tristes journées
Décliner vers leur penchant ;
Au midi de mes années
Je touchais à mon couchant.
La mort, déployant ses ailes,
Couvrait d'ombres éternelles
La clarté dont je jouis ;
Et dans cette nuit funeste
Je cherchais, en vain, le reste
De mes jours évanouis.

Grand Dieu, votre main réclame
Les dons que j'en ai reçus ;
Elle vient couper la trame
Des jours qu'elle m'a tissus.
Mon dernier soleil se lève,
Et votre souffle m'enlève
De la terre des vivants,
Comme la feuille séchée
Qui, de sa tige arrachée,
Devient le jouet des vents.

Comme un tigre impitoyable,
Le mal a brisé mes os ;
Et sa rage insatiable
Ne me laisse aucun repos.
Victime faible et tremblante
A cette image sanglante,
Je soupire nuit et jour ;
Et, dans ma crainte mortelle,
Je suis comme l'hirondelle
Sous les griffes du vautour.

Ainsi de cris et d'alarmes
Mon mal semblait se nourrir ;
Et mes yeux, noyés de larmes,
Étaient lassés de s'ouvrir.

Je disais à la nuit sombre :
O nuit, tu vas dans ton ombre
M'ensevelir pour toujours !
Je redisais à l'aurore :
Le jour que tu fais éclore
Est le dernier de mes jours !

Mon âme est dans les ténèbres,
Mes sens sont glacés d'effroi
Écoutez mes cris funèbres,
Dieu juste, répondez-moi.
Mais enfin sa main propice
A comblé le précipice
Qui s'entr'ouvrait sous mes pas :
Son secours me fortifie,
Et me fait trouver la vie
Dans les horreurs du trépas.

Seigneur, il faut que la terre
Connaisse en moi vos bienfaits.
Vous ne m'avez fait la guerre
Que pour me donner la paix.
Heureux l'homme à qui la grâce
Départ ce don efficace
Puisé dans ses saints trésors ;

Et qui, rallumant sa flamme,
Trouve la santé de l'âme
Dans les souffrances du corps !

C'est pour sauver la mémoire
De vos immortels secours ;
C'est pour vous, pour votre gloire,
Que vous prolongez nos jours.
Non, non, vos bontés sacrées
Ne seront point célébrées
Dans l'horreur des monuments ;
La mort aveugle et muette
Ne sera point l'interprète
De vos saints commandements.

Mais ceux qui de sa menace,
Comme moi, sont rachetés,
Annonceront à leur race
Vos célestes vérités.
J'irai, Seigneur, dans vos temples
Réchauffer par mes exemples
Les mortels les plus glacés
Et, vous offrant mon hommage,
Leur montrer l'unique usage
Des jours que vous leur laissez.

XXX

PANARD was an eighteenth century St. Amand, and a man of the most amiable personal character. The variety and art of his rhythms light up a period in which true lyric accomplishment was nearly impossible.

CHAMPAGNE

J'ai toujours, Bacchus,
    Célébré ton jus,
N'en perdons pas la coutume ;
    Seconde moi,
      Que peut, sans toi,
        Ma plume ?
Coule à longs traits
Dans mon épais
      Volume.
Viens, mon cher patron,
Sois mon Apollon,
Viens, mon cher ami !   Que j' t'hume !

Grâce à la liqueur
　Qui lave mon cœur,
Nul souci ne me consume.
　　De ce vin gris
　　Que je chéris
　　　L'écume !
Lorsque j'en boi
Quel feu chez moi
　　　S'allume ?
Nectar enchanteur,
Tu fais mon bonheur,
Viens, mon cher ami !　Que j' t'hume !

Champagne divin,
　Du plus noir chagrin
Tu dissipes l'amertume.
　　Tu sais mûrir,
　　Tu sais guérir
　　　Le rhume.
Quel goût flatteur
Ta douce odeur
　　　Parfume !
Pour tant de bienfaits
Et pour tant d'attraits
Viens, mon cher ami !　Que j' t'hume !

THE TWO LOVES

J'aime Bacchus, j'aime Manon,
        Tous deux partagent ma tendresse ;
Tous deux ont troublé ma raison
        Par une aimable et douce ivresse.
Ah ! qu'elle est belle !   Ah ! qu'il est bon !
C'est le refrain de ma chanson.

Quand le vin coule dans mon cœur
        Et que ma mignonne est présente,
Je ressens une vive ardeur
        Et dans un doux transport je chante,
Ah ! etc.

Nanette, en me brûlant d'amour,
        Me rend le vin plus agréable ;
Le vin, par un juste retour,
        La rend à mes yeux plus aimable.
Ah ! etc.

En partageant ainsi mes vœux,
        Mon cœur en est plus à son aise ;
Quand il me manque l'un des deux,
        L'autre me soulage et m'appaise.
Ah ! etc.

De Manon si j'avais le cœur,
　　Lui seul pourroit me satisfaire,
Mais ses refus ou sa rigueur
　　Me rendent le vin nécessaire.
Ah! etc.

Des maux qu'elle me fait souffrir
　　C'est ce nectar qui me délivre.
Vingt fois elle m'a fait mourir,
　　Vingt fois Bacchus m'a fait revivre!
Ah! etc.

XXXI

PARNY is the chief representative of the artificial poetry of the later eighteenth century. After producing much work, excellent in its way, in his youth, he descended to burlesque writing of a very unworthy kind during the Republic and the Empire.

VERS SUR LA MORT D'UNE JEUNE FILLE

Son âge échappait à l'enfance ;
Riante comme l'innocence,
Elle avait les traits de l'amour.
Quelques mois, quelques jours encore,
Dans ce cœur pur et sans détour
Le sentiment allait éclore.
Mais le Ciel avait au trépas
Condamné ses jeunes appas.
Au Ciel elle a rendu sa vie,
Et doucement s'est endormie

Sans murmurer contre ses lois.

Ainsi le sourire s'efface ;

Ainsi meurt, sans laisser de trace,

Le chant d'un oiseau dans les bois.

XXXII

THE following poem is hardly to be missed in any collection of French verse. GILBERT has been called the French Chatterton, but his distress has been doubted. He chiefly resembled his English counterpart in the indocility and arrogance of his temperament. This elegy, however (inspired probably by J. B. Rousseau) has sincerity and pathos.

ODE AFTER SEVERAL PSALMS

J'ai révélé mon cœur au Dieu de l'innocence ;
    Il a vu mes pleurs pénitents :
Il guérit mes remords, il m'arme de constance ;
    Les malheureux sont ses enfants.

Mes ennemis, riant, ont dit dans leur colère :
    Qu'il meure et sa gloire avec lui !
Mais à mon cœur calmé le Seigneur dit en père :
    Leur haine sera ton appui.

A tes plus chers amis ils ont prêté leur rage :
>   Tout trompe ta simplicité ;
Celui que tu nourris court vendre ton image
>   Noire de sa méchanceté.

Mais Dieu t'entend gémir ; Dieu, vers qui te ramène
>   Un vrai remords né des douleurs ;
Dieu qui pardonne, enfin, à la nature humaine
>   D'être faible dans les malheurs.

" J'éveillerai pour toi la pitié, la justice
>   De l'incorruptible avenir.
Eux-même épureront, par un long artifice,
>   Ton honneur qu'ils pensent ternir."

Soyez béni, mon Dieu, vous qui daignez me rendre
>   L'innocence et son noble orgueil ;
Vous qui, pour protéger le repos de ma cendre,
>   Veillerez près de mon cercueil !

Au banquet de la vie, infortuné convive,
>   J'apparus un jour, et je meurs !
Je meurs, et sur ma tombe, où lentement j'arrive,
>   Nul ne viendra verser des pleurs.

Salut, champs que j'aimais, et vous, douce verdure,
>   Et vous, riant exil des bois !

Ciel, pavillon de l'homme, admirable nature,
> Salut pour la dernière fois !

Ah ! puissent voir longtemps votre beauté sacrée
> Tant d'amis sourds à mes adieux !

Qu'ils meurent pleins de jours, que leur mort soit pleurée,
> Qu'un ami leur ferme les yeux !

XXXIII

ANDRÉ CHENIER, had he been born forty years later, would probably have been one of the greatest poets of France. His work, as it is, has a stamp of its own. It is as Greek as anything in the eighteenth century could be. The greater part of it is in Alexandrines, but his lyric measures are excellent.

LA JEUNE CAPTIVE

" L'épi naissant mûrit de la faux respecté ;
    Sans crainte du pressoir, le pampre tout l'été
        Boit les doux présents de l'aurore ;
    Et moi, comme lui belle, et jeune comme lui,
    Quoique l'heure présente ait de trouble et d'ennui
        Je ne veux point mourir encore.

" Qu'un stoïque aux yeux secs vole embrasser la mort,
    Moi je pleure et j'espère ; au noir souffle du nord
        Je plie et relève la tête.

S'il est des jours amers, il en est de si doux !
Hélas !　Quel miel jamais n'a laissé de dégoûts ?
　　　Quelle mer n'a point de tempête ?

" L'illusion féconde habite dans mon sein.
　D'un prison sur moi les murs pèsent en vain,
　　　J'ai les ailes de l'espérance :
　Échappée aux réseaux de l'oiseleur cruel,
　Plus vive, plus heureuse, aux campagnes du ciel
　　　Philomèle chante et s'élance.

" Est-ce à moi de mourir ?　Tranquille je m'endors,
　Et tranquille je veille, et ma veille aux remords
　　　Ni mon sommeil ne sont en proie.
　Ma bienvenue au jour me rit dans tous les yeux ;
　Sur des fronts abattus, mon aspect dans ces lieux
　　　Ranime presque de la joie.

" Mon beau voyage encore est si loin de sa fin !
　Je pars, et des ormeaux qui bordent le chemin
　　　J'ai passé les premiers à peine.
　Au banquet de la vie à peine commencé,
　Un instant seulement mes lèvres ont pressé
　　　La coupe en mes mains encor pleine.

Je ne suis qu'au printemps, je veux voir la moisson ;
Et comme le soleil, de saison en saison,
  Je veux achever mon année.
Brillante sur ma tige et l'honneur du jardin,
Je n'ai vu luire encor que les feux du matin,
  Je veux achever ma journée.

" O Mort ! tu peux attendre ; éloigne, éloigne-toi ;
Va consoler les cœurs que la honte, l'effroi,
  Le pâle désespoir dévore.
Pour moi Palés encore a des asiles verts,
Les Amours des baisers, les Muses des concerts ;
  Je ne veux point mourir encore."

Ainsi, triste et captif, ma lyre toutefois
S'éveillait, écoutant ces plaintes, cette voix,
  Ces vœux d'une jeune captive ;
Et secouant le faix de mes jours languissants,
Aux douces lois des vers je pliais les accents
  De sa bouche aimable et naïve.

Ces chants de ma prison, témoins harmonieux,
Feront à quelque amant des loisirs studieux
  Chercher quelle fut cette belle :
La grâce décorait son front et ses discours,
Et, comme elle, craindront de voir finir leurs jours
  Ceux qui les passeront près d'elle.

            L.

FALSE FRIENDS

Quand au mouton bêlant la sombre boucherie
   Ouvre ses cavernes de mort,
Pâtres, chiens et moutons, toute la bergerie
   Ne s'informe plus de son sort.
Les enfants qui suivaient ses ébats dans la plaine,
   Les vierges aux belles couleurs
Qui le baisaient en foule, et sur sa blanche laine
   Entrelaçaient rubans et fleurs,
Sans plus penser à lui, le mangent s'il est tendre.
   Dans cet abîme enseveli
J'ai le même destin. Je m'y devais attendre.
   Accoutumons-nous à l'oubli.
Oubliés comme moi dans cet affreux repaire,
   Mille autres moutons, comme moi,
Pendus aux crocs sanglants du charnier populaire,
   Seront servis au peuple-roi.
Que pouvaient mes amis ? Oui, de leur main chérie
   Un mot à travers ces barreaux
Eût versé quelque baume en mon âme flétrie ;
   De l'or peut-être à mes bourreaux...
Mais tout est précipice. Ils ont eu droit de vivre.
   Vivez, amis ; vivez contents.

En dépit de... soyez lents à me suivre.
 Peut-être en de plus heureux temps
J'ai moi-même, à l'aspect des pleurs de l'infortune,
 Détourné mes regards distraits ;
A mon tour aujourd'hui ; mon malheur importune :
 Vivez, amis ; vivez en paix.

NOVISSIMA VERBA

Comme un dernier rayon, comme un dernier zéphire
    Animent la fin d'un beau jour,
Au pied de l'échafaud j'essaye encor ma lyre :
    Peut-être est-ce bientôt mon tour.

Peut-être avant que l'heure en cercle promenée
    Ait posé sur l'émail brillant,
Dans les soixante pas où sa route est bornée,
    Son pied sonore et vigilant,

Le sommeil du tombeau pressera ma paupière.
    Avant que de ses deux moitiés
Ce vers que je commence ait atteint la dernière.
    Peut-être en ces murs effrayés

Le messager de mort, noir recruteur des ombres,
    Escorté d'infâmes soldats,
Emplissant de mon nom ces longs corridors sombres,
    Où seul, dans la foule à grands pas

J'erre, aiguisant ces dards persécuteurs de crime,
    Du juste trop faibles soutiens,
Sur mes lèvres soudain va suspendre la rime ;
    Et, chargeant mes bras de liens,

Me traîner, amassant en foule à mon passage
    Mes tristes compagnons reclus

Qui me connaissaient tous avant l'affreux message,
  Mais qui ne me connaissent plus.
Eh bien ! J'ai trop vécu. Quelle franchise auguste,
  De mâle constance et d'honneur,
Quels exemples sacrés doux a l'âme du juste,
  Pour lui quelle ombre de bonheur,
Quelle Thémis terrible aux têtes criminelles,
  Quels pleurs d'une noble pitié,
Des antiques bienfaits quels souvenirs fidèles,
  Quels beaux échanges d'amitié,
Font digne de regrets l'habitacle des hommes ?
  La peur blême et louche est leur dieu,
La bassesse, la feinte. Ah ! lâches que nous sommes !
  Tous, oui, tous. Adieu, terre, adieu.
Vienne, vienne la mort ! Que la mort me délivre !...
  Ainsi donc, mon cœur abattu
Cède au poids de ses maux !—Non, non, puissé-je vivre !
  Ma vie importe à la vertu.
Car l'honnête homme enfin, victime de l'outrage,
  Dans les cachots, près du cercueil,
Relève plus altiers son front et son langage,
  Brillant d'un généreux orgueil.
S'il est écrit aux cieux que jamais une épée
  N'étincellera dans mes mains :
Dans l'encre et l'amertume une autre arme trempée
  Peut encor servir les humains.

Justice, vérité, si ma main, si ma bouche,
    Si mes pensers les plus secrets
Ne froncèrent jamais votre sourcil farouche,
    Et si les infimes progrès,
Si la risée atroce, ou, plus atroce injure,
    L'encens de hideux scélérats,
Ont pénétré vos cœurs d'une longue blessure,
    Sauvez-moi.   Conservez un bras
Qui lance votre foudre, un amant qui vous venge.
    Mourir sans vider mon carquois !
Sans percer, sans fouler, sans pétrir dans leur fange
    Ces bourreaux barbouilleurs de lois !
Ces vers cadavéreux de la France asservie,
    Égorgée !   O mon cher trésor,
O ma plume, fiel, bile, horreur, dieux de ma vie !
    Par vous seuls je respire encor :
Comme la poix brûlante agitée en ses veines
    Ressuscite en flambeau mourant.
Je souffre ; mais je vis.   Par vous, loin de mes peines,
    D'espérance un vaste torrent
Me transporte.   Sans vous, comme un poison livide,
    L'invincible dent du chagrin,
Mes amis opprimés, du menteur homicide
    Les succès, le sceptre d'airain,
Des bons proscrits par lui, la mort ou la ruine,
    L'opprobre de subir sa loi,

Tout eût tari ma vie, ou contre ma poitrine
  Dirigé mon poignard.   Mais quoi !
Nul ne resterait donc pour attendrir l'histoire
  Sur tant de justes massacrés !
Pour consoler leurs fils, leurs veuves, leur mémoire !
  Pour que des brigands abhorrés
Frémissent aux portraits noirs de leur ressemblance,
  Pour descendre jusqu'aux enfers
Nouer le triple fouet, le fouet de la vengeance
  Déjà levé sur ces pervers !
Pour cracher sur leurs noms, pour chanter leur supplice !...
  Allons, étouffe tes clameurs ;
Souffre, O cœur gros de haine, affamé de justice.
  Toi, vertu, pleure si je meurs.

XXXIV

DESAUGIERS, the immediate predecessor of Béranger, set him the example of restraining the license of the usual French chansonnier in a very considerable degree. He has, however, himself still much of St. Amand and Panard.

MORALITÉ

Enfants de la folie,
    Chantons ;
Sur les maux de la vie
    Glissons ;
Plaisir jamais ne coûte
    De fleurs ;
Il sème notre route
    De fleurs.

Oui, portons son délire
    Partout.
Le bonheur est de rire
    De tout ;

Pour être aimé des belles,
    Aimons ;
Un beau jour changent-elles,
    Changeons.

Déjà l'hiver de l'âge
    Accourt ;
Profitons d'un passage
    Si court ;
L'avenir peut-il être
    Certain ?
Nous finirons peut-être
    Demain.

XXXV

BÉRANGER's work was till recently the only French poetry much relished in England. Its rivals have not diminished its power of attracting.

LE ROI D'YVETOT

Il était un roi d'Yvetot
  Peu connu dans l'histoire,
Se levant tard, se couchant tôt,
  Dormant fort bien sans gloire,
Et couronné par Jeanneton
D'un simple bonnet de coton,
     Dit-on.
Oh! oh! oh! oh! ah! ah! ah! ah!
Quel bon petit roi c'était là!
     La, la.

Il faisait ses quatre repas
  Dans son palais de chaume,

Et sur un âne, pas à pas,
  Parcourait son royaume.
Joyeux, simple et croyant le bien,
Pour toute garde il n'avait rien
      Qu'un chien.
Oh! oh! oh! oh! ah! ah! ah! ah!
Quel bon petit roi c'était là!
      La, la.
Il n'avait de goût onéreux
  Qu'une soif un peu vive;
Mais, en rendant son peuple heureux,
  Il faut bien qu'un roi vive.
Lui-même, à table, et sans suppôt,
Sur chaque muid levait un pot
      D'impôt.
Oh! oh! oh! oh! ah! ah! ah! ah!
Quel bon petit roi c'était là!
      La, la.
Aux filles de bonnes maisons
  Comme il avait su plaire,
Ses sujets avaient cent raisons
  De le nommer leur père.
D'ailleurs, il ne levait de ban
Que pour tirer, quatre fois l'an,
      Au blanc.

Oh ! oh ! oh ! oh ! ah ! ah ! ah ! ah
Quel bon petit roi c'était là !
    La, la.

Il n'agrandit point ses États,
   Fut un voisin commode,
Et, modèle des potentats,
   Prit le plaisir pour code.
Ce n'est que lorsqu'il expira
Que le peuple, qui l'enterra,
    Pleura.
Oh ! oh ! oh ! oh ! ah ! ah ! ah ! ah !
Quel bon petit roi c'était là !
    La, la.

On conserve encor le portrait
   De ce digne et bon prince :
C'est l'enseigne d'un cabaret
   Fameux dans la province.
Les jours de fête, bien souvent,
La foule s'écrie en buvant
    Devant :
Oh ! oh ! oh ! oh ! ah ! ah ! ah ! ah !
Quel bon petit roi c'était là !
    La, la.

LE GRENIER

Je viens revoir l'asile où ma jeunesse
De la misère a subi les leçons.
J'avais vingt ans, une folle maitresse,
De francs amis et l'amour des chansons.
Bravant le monde et les sots et les sages,
Sans avenir, riche de mon printemps,
Leste et joyeux, je montais six étages.
Dans un grenier qu'on est bien à vingt ans !

C'est un grenier, point ne veux qu'on l'ignore.
Là fut mon lit, bien chétif et bien dur ;
Là fut ma table ; et je retrouve encore
Trois pieds d'un vers charbonnés sur le mur.
Apparaissez, plaisirs de mon bel âge,
Que d'un coup d'aile a fustigés le temps ;
Vingt fois pour vous j'ai mis ma montre en gage.
Dans un grenier qu'on est bien à vingt ans !

Lisette ici doit surtout apparaître,
Vive, jolie, avec un frais chapeau,
Déjà sa main à l'étroite fenêtre
Suspend son châle en guise de rideau.

Sa robe aussi va parer ma couchette;
Respecte, Amour, ses plis longs et flottants.
J'ai su depuis qui payait sa toilette.
Dans un grenier qu'on est bien à vingt ans!

A table un jour, jour de grande richesse,
De mes amis les voix brillaient en chœur,
Quand jusqu'ici monte un cri d'allégresse:
A Marengo Bonaparte est vainqueur!
Le canon gronde, un autre chant commence
Nous célébrons tant de faits éclatants.
Les rois jamais n'envahiront la France.
Dans un grenier qu'on est bien à vingt ans!

Quittons ce toit où ma raison s'enivre.
Oh! qu'ils sont loin, ces jours si regrettés!
J'échangerais ce qui me reste à vivre
Contre un des mois qu'ici Dieu m'a comptés.
Pour rêver gloire, amour, plaisir, folie,
Pour dépenser sa vie en peu d'instants,
D'un long espoir pour la voir embellie,
Dans un grenier qu'on est bien à vingt ans!

LES FOUS

Vieux soldats de plomb que nous sommes,
Au cordeau nous alignant tous,
Si des rangs sortent quelques hommes,
Tous nous crions : A bas les fous !
On les persécute, on les tue,
Sauf, après un lent examen,
A leur dresser une statue
Pour la gloire du genre humain.

Combien de temps une pensée,
Vierge obscure, attend son époux !
Les sots la traitent d'insensée ;
Le sage lui dit : Cachez-vous.
Mais, la rencontrant loin du monde,
Un fou qui croit au lendemain
L'épouse ; elle devient féconde
Pour le bonheur du genre humain.

J'ai vu Saint-Simon le prophète,
Riche d'abord, puis endetté,
Qui des fondements jusqu'au faîte
Refaisait la société.

Plein de son œuvre commencée,
Vieux, pour elle il tendait la main,
Sûr qu'il embrassait la pensée
Qui doit sauver le genre humain.

Fourier nous dit : Sors de la fange,
Peuple en proie aux déceptions.
Travaille, groupé par phalange,
Dans un cercle d'attractions.
La terre, après tant de désastres,
Forme avec le ciel un hymen,
Et la loi qui régit les astres
Donne la paix au genre humain !

Enfantin affranchit la femme,
L'appelle à partager nos droits.
Fi ! dites-vous ; sous l'épigramme
Ces fous rêveurs tombent tous trois.
Messieurs, lorsqu'en vain notre sphère
Du bonheur cherche le chemin,
Honneur au fou qui ferait faire
Un rêve heureux au genre humain !

Qui découvrit un nouveau monde ?
Un fou qu'on raillait en tout lieu.

Sur la croix que son sang inonde
Un fou qui meurt nous lègue un Dieu.
Si demain, oubliant d'éclore,
Le jour manquait, eh bien! demain
Quelque fou trouverait encore
Un flambeau pour le genre humain.

LES ÉTOILES QUI FILENT

Berger, tu dis que notre étoile
Règle nos jours et brille aux cieux.
—Oui, mon enfant ; mais dans son voile
La nuit la dérobe à nos yeux,
—Berger, sur cet azur tranquille
De lire on te croit le secret :
Quelle est cette étoile qui file,
Qui file, file, et disparait ?

—Mon enfant, un mortel expire ;
Son étoile tombe à l'instant.
Entre amis que la joie inspire,
Celui-ci buvait en chantant.
Heureux, il s'endort immobile
Auprès du vin qu'il célébrait.
—Encore une étoile qui file,
Qui file, file, et disparait.

—Mon enfant, qu'elle est pure et belle !
C'est celle d'un objet charmant :
Fille heureuse, amante fidèle,
On l'accorde au plus tendre amant.

Des fleurs ceignent son front nubile,
Et de l'hymen l'autel est prêt...
—Encore une étoile qui file,
Qui file, file, et disparaît.

—Mon fils, c'est l'étoile rapide
D'un très-grand seigneur nouveau-né.
Le berceau qu'il a laissé vide
D'or et de pourpre etait orné.
Des poisons qu'un flatteur distille
C'était à qui le nourrirait...
—Encore une étoile qui file,
Qui file, file, et disparaît.

—Mon enfant, quel éclair sinistre! !
C'était l'astre d'un favori,
Qui se croyait un grand ministre
Quand de nos maux il avait ri.
Ceux qui servaient ce dieu fragile
Ont déjà caché son portrait...
—Encore une étoile qui file,
Qui file, file, et disparaît.

—Mon fils, quels pleurs seront les nôtres !
D'un riche nous perdons l'appui

M 2

L'indigence glane chez d'autres,
Mais elle moissonnait chez lui.
Ce soir même, sûr d'un asile,
A son toit le pauvre accourait...
—Encore une étoile qui file,
Qui file, file, et disparait.

—C'est celle d'un puissant monarque!...
Va, mon fils, garde ta candeur,
Et que ton étoile ne marque
Par l'éclat ni par la grandeur.
Si tu brillais sans être utile,
A ton dernier jour on dirait :
Ce n'est qu'une étoile qui file,
Qui file, file, et disparait.

XXXVI

Madame Desbordes Valmore is beyond doubt the best of French poetesses since Louise Labé. The following piece has a certain conventionality, but its truth and sweetness more than save it.

S'IL L'AVAIT SU

S'il avait su quelle âme il a blessée,
Larmes du cœur, s'il avait pu vous voir,
Ah ! si ce cœur, trop plein de sa pensée,
De l'exprimer eût gardé le pouvoir,
Changer ainsi n'eût pas été possible ;
Fier de nourrir l'espoir qu'il a déçu,
A tant d'amour il eût été sensible,
   S'il l'avait su.

S'il avait su tout ce qu'on peut attendre
D'une âme simple, ardente et sans détour,
Il eût voulu la mienne pour l'entendre.
Comme il l'inspire, il eût connu l'amour.

Mes yeux baissés recélaient cette flamme ;
Dans leur pudeur n'a-t-il rien aperçu ?
Un tel secret valait toute son âme,
   S'il avait su.

Si j'avais su, moi-même, à quel empire
On s'abandonne en regardant ses yeux,
Sans le chercher comme l'air qu'on respire,
J'aurais porté mes jours sous d'autres cieux.
Il est trop tard pour renouer ma vie ;
Ma vie était un doux espoir déçu :
Diras-tu pas, toi qui me l'as ravie,
   Si j'avais su ?

XXXVII

Millevoye's "Chute des Feuilles," which follows, has been called not unhappily "La Marseillaise des Mélancoliques." His other poetical work is never likely to be generally read.

LA CHUTE DES FEUILLES

De la dépouille de nos bois
L'automne avait jonché la terre ;
Le bocage était sans mystère,
Le rossignol était sans voix.

Triste et mourant, à son aurore,
Un jeune malade, à pas lents,
Parcourait une fois encore
Le bois cher à ses premiers ans.

Bois que j'aime, adieu ! Je succombe.
Votre deuil a prédit mon sort,
Et dans chaque feuille qui tombe
Je lis un présage de mort.

Fatal oracle d'Épidaure,
Tu m'as dit : Les feuilles des bois
A tes yeux jauniront encore,
Et c'est pour la dernière fois.

La nuit du trépas t'environne ;
Plus pâle que la pâle automne ;
Tu t'inclines vers le tombeau.
Ta jeunesse sera flétrie
Avant l'herbe de la prairie,
Avant le pampre du coteau.

Et je meurs !   De sa froide haleine
Un vent funeste m'a touché,
Et mon hiver s'est approché
Quand mon printemps s'écoule à peine.

Arbuste en un seul jour détruit,
Quelques fleurs faisaient ma parure ;
Mais ma languissante verdure
Ne laisse après elle aucun fruit.

Tombe, tombe, feuille éphémère !
Voile aux yeux ce triste chemin,
Cache au désespoir de ma mère
La place où je serai demain.
Mais vers la solitaire allée
Si mon amante désolée

Venait pleurer quand le jour fuit
Éveille par un léger bruit
Mon ombre un instant consolée.
Il dit, s'éloigne... et sans retour.
La dernière feuille qui tombe
A signalé son dernier jour.
Sous le chêne on creusa sa tombe.
Mais ce qu'il aimait ne vint pas
Visiter la pierre isolée ;
Et le pâtre de la vallée
Troubla seul du bruit de ses pas
Le silence du mausolée.

Almost the whole poetical value of Lamartine is expressed in the following famous piece. He made indefinite variations on the note, but seldom changed it to advantage.

LE LAC

Ainsi, toujours poussés vers de nouveaux rivages,
Dans la nuit éternelle emportés sans retour,
Ne pourrons-nous jamais sur l'océan des âges
    Jeter l'ancre un seul jour ?

O lac ! l'année à peine a fini sa carrière,
Et près des flots chéris qu'elle devait revoir,
Regarde ! je viens seul m'asseoir sur cette pierre
    Où tu la vis s'asseoir.

Tu mugissais ainsi sous ces roches profondes ;
Ainsi tu te brisais sur leurs flancs déchirés ;
Ainsi le vent jetait l'écume de tes ondes
    Sur ses pieds adorés.

Un soir, t'en souvient-il ?   Nous voguions en silence ;
On n'entendait au loin, sur l'onde et sous les cieux,
Que le bruit des rameurs qui frappaient en cadence
        Tes flots harmonieux.

Tout à coup des accents, inconnus à la terre,
Du rivage charmé frappèrent les échos :
Le flot fut attentif, et la voix qui m'est chère
        Laissa tomber ces mots :

O temps, suspends ton vol ! et vous, heures propices,
        Suspendez votre cours !
Laissez-nous savourer les rapides délices
        Des plus beaux de nos jours !

Assez de malheureux ici-bas vous implorent,
        Coulez, coulez pour eux ;
Prenez avec leurs jours les soins qui les dévorent ;
        Oubliez les heureux.

Mais je demande en vain quelques moments encore,
        Le temps m'échappe et fuit ;
Je dis à cette nuit : Sois plus lente ; et l'aurore
        Va dissiper la nuit.

Aimons donc, aimons donc !   De l'heure fugitive,
        Hâtons-nous, jouissons !

L'homme n'a point de port, le temps n'a point de rive ;
    Il coule, et nous passons !

Temps jaloux, se peut-il que ces moments d'ivresse,
Où l'amour à longs flots nous verse le bonheur,
S'envolent loin de nous de la même vitesse
    Que les jours de malheur ?

Hé quoi ! N'en pourrons-nous fixer au moins la trace ?
Quoi ! Passés pour jamais ? Quoi ! tous entiers perdus ?
Ce temps qui les donna, ce temps qui les efface,
    Ne nous les rendra plus ?

Éternité, néant, passé, sombres abimes,
Que faites-vous des jours que vous engloutissez ?
Parlez, nous rendrez-vous ces extases sublimes
    Que vous nous ravissez ?

O lac ! rochers muets ! grottes ! forêt obscure !
Vous que le temps épargne ou qu'il peut rajeunir,
Gardez de cette nuit, gardez, belle nature,
    Au moins le souvenir !

Qu'il soit dans ton repos, qu'il soit dans tes orages,
Beau lac, et dans l'aspect de tes riants coteaux,
Et dans ces noirs sapins, et dans ces rocs sauvages
    Qui pendent sur tes eaux !

Qu'il soit dans le zéphir qui frémit et qui passe,
Dans les bruits de tes bords par tes bords répétés,
Dans l'astre au front d'argent qui blanchit ta surface
   De ses molles clartés !

Que le vent qui gémit, le roseau qui soupire,
Que les parfums légers de ton air embaumé,
Que tout ce qu'on entend, l'on voit ou l'on respire,
   Tout dise : Ils ont aimé !

HENCEFORWARD no separate note-headings will be given, such being for the most part impossible in moderate space and, it is hoped, unnecessary. Hugo, Musset, Gautier are known to all probable readers of this book. Hégésippe Moreau was an unequal and often unoriginal singer who once or twice, as in the specimen here given, struck a true, sweet, and firm note. The two great pieces of Pierre Dupont have been known by heart to every Frenchman of poetical tastes for a generation. M. Leconte de Lisle from the side of wide reading and culture, M. Théodore de Banville from that of formal study of the poetic art, Charles Baudelaire from that of original thought and expression—" love of all things fair and knowledge of all things strange "—represent the intermediate state of the romantic movement. Albert Glatigny, one of the most gifted of Bohemians, died some years ago.

XXXIX

VICTOR HUGO.

A MON AMI S. B.

L'aigle, c'est le génie! Oiseau de la tempête,
Qui des monts les plus hauts cherche le plus haut faîte ;
Dont le cri fier du jour chante l'ardent réveil ;
Qui ne souille jamais sa serre dans la fange,
Et dont l'œil flamboyant incessamment échange
   Des éclairs avec le soleil.

Son nid n'est pas un nid de mousse ; c'est une aire,
Quelque rocher creusé par un coup de tonnerre,
Quelque broche d'un pic épouvantable aux yeux,
Quelque croulant asile aux blancs des monts sublimes,
Qu'on voit, battu des vents, pendre entre deux abîmes,
   Le noir précipice et les cieux !

Ce n'est pas l'humble ver, les abeilles dorées,
La verte demoiselle, aux ailes bigarrées,

Qu'attendent ses petits, béants, de faim pressés ;
Non, c'est l'oiseau douteux, qui dans la nuit végète.
C'est l'immonde lézard, c'est le serpent qu'il jette,
    Hideux, aux aiglons hérissés.

Nid royal ! palais sombre, et que d'un flot de neige
La roulante avalanche en bondissant assiège !
Le génie y nourrit ses fils avec amour,
Et, tournant au soleil leurs yeux remplis de flammes,
Sous son aile de feu couve de jeunes âmes
    Qui prendront des ailes un jour !

Pourquoi donc t'étonner, ami, si sur ta tête,
Lourd de foudres, déjà le nuage s'arrête ?
Si quelque impur reptile en ton nid se débat ?
Ce sont tes premiers jeux, c'est ta première fête :
Pour vous autres aiglons, chaque heure a sa tempête,
    Chaque festin est un combat.

Rayonne, il en est temps ! Et s'il vient un orage,
En prisme éblouissant change le noir nuage.
Que ta haute pensée accomplisse sa loi.
Viens, joins ta main de frère à ma main fraternelle.
Poëte, prends ta lyre ; aigle, ouvre ta jeune aile ;
    Étoile, étoile, lève-toi !

La brume de ton aube, ami, va se dissoudre !
Fais-toi connaître, aiglon, du soleil, de la foudre.
Viens arracher un nom par tes chants inspirés ;
Viens ; cette gloire, en butte à tant de traits vulgaires,
Ressemble aux fiers drapeaux qu'on rapporte des guerres,
   Plus beaux quand ils sont déchirés !

Vois l'astre chevelu qui, royal météore,
Roule, en se grossissant des mondes qu'il dévore ;
Tel, ô jeune géant, qui t'accrois tous les jours,
Tel ton génie ardent, loin des routes tracées,
Entraînant dans son cours des mondes de pensées,
   Toujours marche et grandit toujours !

CHANSON DE PIRATES

Nous emmenions en esclavage
Cent chrétiens, pêcheurs de corail ;
Nous recrutions pour le sérail
Dans tous les moutiers du rivage.
En mer, les hardis écumeurs !
Nous allions de Fez à Catane...
Dans la galère Capitane
Nous étions quatre-vingts rameurs.

On signale un couvent à terre :
Nous jetons l'ancre près du bord ;
A nos yeux s'offre tout d'abord
Une fille du monastère.
Près des flots, sourde à leurs rumeurs,
Elle dormait sous un platane...
Dans la galère Capitane
Nous étions quatre-vingts rameurs.

La belle fille, il faut vous taire.
Il faut nous suivre ! Il fait bon vent.
Ce n'est que changer de couvent :
Le harem vaut le monastère.

Sa Hautesse aime les primeurs,
Nous vous ferons mahométane...
Dans la galère Capitane
Nous étions quatre-vingts rameurs.

Elle veut fuir vers sa chapelle.
Osez-vous bien, fils de Satan ?...
—Nous osons, dit le capitan.
Elle pleure, supplie, appelle.
Malgré sa plainte et ses clameurs,
On l'emporta dans la tartane...
Dans la galère Capitane
Nous étions quatre-vingts rameurs.

Plus belle encor dans sa tristesse,
Ses yeux étaient deux talismans.
Elle valait mille tomans ;
On la vendit a Sa Hautesse,
Elle eut beau dire : Je me meurs !
De nonne elle devint sultane...
Dans la galère Capitane
Nous étions quatre-vingts rameurs.

TO-MORROW

Non, l'avenir n'est à personne !
Sire ! l'avenir est à Dieu !
A chaque fois que l'heure sonne,
Tout ici-bas nous dit adieu.
L'avenir ! L'avenir ! Mystère !
Toutes les choses de la terre,
Gloire, fortune militaire,
Couronne éclatante des rois,
Victoire aux ailes embrasées,
Ambitions réalisées,
Ne sont jamais sur nous posées
Que comme l'oiseau sur nos toits !

Non, si puissant qu'on soit, non, qu'on rie ou qu'on pleure,
Nul ne te fait parler, nul ne peut avant l'heure
      Ouvrir ta froide main,
O fantôme muet, ô notre ombre, ô notre hôte,
Spectre toujours masqué, qui nous suit côte à côte,
      Et qu'on nomme Demain !

      Oh ! demain, c'est la grande chose !
      De quoi demain sera-t-il fait ?

L'homme aujourd'hui sème la cause,
Demain Dieu fait mûrir l'effet.
Demain, c'est l'éclair dans la voile.
C'est le nuage sur l'étoile,
C'est un traitre qui se dévoile,
C'est le bélier qui bat les tours,
C'est l'astre qui change de zone,
C'est Paris qui suit Babylone ;
Demain, c'est le sapin du trône,
Aujourd'hui, c'en est le velours !

Demain, c'est le cheval qui s'abat blanc d'écume.
Demain, ô conquerant, c'est Moscou qui s'allume,
La nuit, comme un flambeau.
C'est votre vieille garde au loin jonchant la plaine,
Demain, c'est Waterloo ! Demain, c'est Sainte-Hélène !
Demain, c'est le tombeau !

Vous pouvez entrer dans les villes
Au galop de votre coursier,
Dénouer les guerres civiles
Avec le tranchant de l'acier ;
Vous pouvez, ô mon capitaine,
Barrer la Tamise hautaine,
Rendre la victoire incertaine

Amoureuse de vos clairons,
Briser toutes portes fermées,
Dépasser toutes renommées,
Donner pour astre à des armées
L'étoile de vos éperons !

Dieu garde la durée et vous laisse l'espace ;
Vous pouvez sur la terre avoir toute la place,
Être aussi grand qu'un front peut l'être sous le ciel ;
Sire, vous pouvez prendre, à votre fantaisie,
L'Europe à Charlemagne, à Mahomet l'Asie ;
Mais tu ne prendras pas demain à l'Éternel !

PUISQU'ICI-BAS

Puisqu'ici-bas toute âme
    Donne à quelqu'un
Sa musique, sa flamme,
    Ou son parfum ;

Puisqu'ici toute chose
    Donne toujours
Son épine ou sa rose
    A ses amours ;

Puisqu'avril donne aux chênes
    Un bruit charmant ;
Que la nuit donne aux peines
    L'oubli dormant ;

Puisque l'air à la branche
    Donne l'oiseau ;
Que l'aube à la pervenche
    Donne un peu d'eau ;

Puisque, lorsqu'elle arrive
    S'y reposer,
L'onde amère à la rive
    Donne un baiser ;

Je te donne à cette heure,
  Penché sur toi,
La chose la meilleure
  Que j'aie en moi !

Reçois donc ma pensée,
  Triste d'ailleurs,
Qui, comme une rosée,
  T'arrive en pleurs !

Reçois mes vœux sans nombre,
  O mes amours !
Reçois la flamme ou l'ombre
  De tous mes jours !

Mes transports pleins d'ivresses,
  Purs de soupçons,
Et toutes les caresses
  De mes chansons !

Mon esprit, qui sans voile
  Vogue au hasard,
Et qui n'a pour étoile
  Que ton regard !

Ma muse, que les heures
  Bercent rêvant,
Qui, pleurant quand tu pleures,
  Pleure souvent !

Reçois, mon bien céleste,
  O ma beauté !
Mon cœur, dont rien ne reste,
  L'amour ôté !

GASTIBELZA

Gastibelza, l'homme à la carabine,
      Chantait ainsi :
Quelqu'un a-t-il connu Doña Sabine,
      Quelqu'un d'ici ?
Dansez, chantez, villageois ! la nuit gagne
      Le mont Falu.
Le vent qui vient à travers la montagne
      Me rendra fou !

Quelqu'un de vous a-t-il connu Sabine,
      Ma señora ?
Sa mère était la vieille Maugrabine
      D'Antequera,
Qui chaque nuit criait dans la Tour-Magne
      Comme un hibou...
Le vent qui vient à travers la montagne
      Me rendra fou !

Dansez, chantez ! des biens que l'heure envoie
      Il faut user.
Elle était jeune et son œil plein de joie
      Faisait penser.—

A ce vieillard qu'un enfant accompagne
Jetez un sou !
Le vent qui vient à travers la montagne
Me rendra fou !

Vraiment la reine eut près d'elle été laide
Quand, vers le soir,
Elle passait sur le pont de Tolède
En corset noir.
Un chapelet du temps de Charlemagne
Ornait son cou...—
Le vent qui vient à travers la montagne
Me rendra fou !

Je ne sais pas si j'aimais cette dame,
Mais je sais bien
Que pour avoir un regard de son âme,
Moi, pauvre chien,
J'aurais gaiement passé dix ans au bagne
Sous le verrou...—
Le vent qui vient à travers la montagne
Me rendra fou !

Un jour d'été que tout était lumière,
Vie et douceur,
Elle s'en vint jouer dans la rivière
Avec sa sœur ;

Je vis le pied de sa jeune compagne
  Et son genou...—
Le vent qui vient à travers la montagne
  Me rendra fou !

Quand je voyais cette enfant, moi le pâtre
  De ce canton,
Je croyais voir la belle Cléopâtre,
  Qui, nous dit-on,
Menait César, empereur d'Allemagne,
  Par le licou...—
Le vent qui vient à travers la montagne
  Me rendra fou !

Dansez, chantez, villageois, la nuit tombe.
  Sabine un jour
A tout vendu, sa beauté de colombe
  Et son amour,
Pour l'anneau d'or du comte de Saldagne,
  Pour un bijou...—
Le vent qui vient à travers la montagne
  Me rendra fou !

Sur ce vieux banc souffrez que je m'appuie
  Car je suis las.
Avec ce comte elle s'est donc enfuie !
  Enfuie, hélas !

Par le chemin qui va vers la Cerdagne,
    Je ne sais où...—
Le vent qui vient à travers la montagne
    Me rendra fou !

Je la voyais passer de ma demeure,
    Et c'était tout.
Mais à présent je m'ennuie à toute heure,
    Plein de dégoût.
Rêveur oisif, l'âme dans la campagne,
    La dague au clou...—
Le vent qui vient à travers la montagne
    M'a rendu fou !

LE CHASSEUR NOIR

Qu'es-tu, passant ?   Le bois est sombre,
Les corbeaux volent en grand nombre,
    Il va pleuvoir.
Je suis celui qui va dans l'ombre,
    Le Chasseur Noir !

Les feuilles des bois, du vent remuées,
    Sifflent... on dirait
Qu'un sabbat nocturne emplit de huées
    Toute la forêt ;
Dans une clairière, au sein des nuées,
    La lune apparait.

Chasse le daim, chasse la biche,
Cours dans les bois, cours dans la friche,
    Voici le soir.
Chasse le Czar, chasse l'Autriche,
    O Chasseur Noir !

Les feuilles des bois—

Souffle en ton cor, boucle ta guêtre,
Chasse les cerfs qui viennent paître
    Près du manoir.

Chasse le roi, chasse le prêtre,
　　O Chasseur Noir

Les feuilles des bois—

Il tonne, il pleut, c'est le déluge.
Le renard fuit, pas de refuge
　　Et pas d'espoir !
Chasse l'espion, chasse le juge,
　　O Chasseur Noir !

Les feuilles des bois—

Tous les démons de saint Antoine
Bondissent dans la folle-avoine
　　Sans t'émouvoir ;
Chasse l'abbé, chasse le moine,
　　O Chasseur Noir !

Les feuilles des bois—

Chasse les ours ! Ta meute jappe.
Que pas un sanglier n'échappe !
　　Fais ton devoir !
Chasse César, chasse le pape
　　O Chasseur Noir !

Les feuilles des bois—

Le loup de ton sentier s'écarte.
Que ta meute à sa suite parte !
　　Cours ! Fais-le choir !

Chasse le brigand Bonaparte,
            O Chasseur Noir !

Les feuilles des bois, du vent remuées,
            Tombent... on dirait
Que le sabbat sombre aux rauques huées
            A fui la forêt ;
Le clair chant du coq perce les nuées ;
            Ciel ! L'aube apparaît !

Tout reprend sa forme première,
Tu redeviens la France altière
            Si belle à voir,
L'ange blanc vêtu de lumière,
            O Chasseur Noir !

Les feuilles des bois, du vent remuées,
            Tombent... on dirait
Que le sabbat sombre aux rauques huées
            A fui la forêt ;
Le clair chant du coq perce les nuées,
            Ciel ! L'aube apparaît !

HÉLAS, TOUT EST SÉPULCRE

Hélas ! tout est sépulcre.   On en sort, on y tombe :
La nuit est la muraille immense de la tombe.
      Les astres, dont luit la clarté,
Orion, Sirius, Mars, Jupiter, Mercure,
Sont les cailloux qu'on voit dans ta tranchée obscure
      O sombre fosse éternité !

Une nuit, un esprit me parla dans un rêve,
Et me dit : Je suis aigle en un ciel où se lève
      Un soleil qui t'est inconnu.
J'ai voulu soulever un coin du vaste voile ;
J'ai voulu voir de près ton ciel et ton étoile ;
      Et c'est pourquoi je suis venu ;

Et, quand j'ai traversé les cieux grands et terribles,
Quand j'ai vu le monceau des ténèbres horribles
      Et l'abîme énorme où l'œil fuit,
Je me suis demandé si cette ombre où l'on souffre
Pourrait jamais combler ce puits, et si ce gouffre
      Pourrait contenir cette nuit !

Et, moi, l'aigle lointain, épouvanté, j'arrive.
Et je crie, et je viens m'abattre sur ta rive,

                          o

Près de toi, songeur sans flambeau.
Connais-tu ces frissons, cette horreur, ce vertige,
Toi, l'autre aigle de l'autre azur ?—Je suis, lui dis-je,
L'autre ver de l'autre tombeau.

CHANSON DES AVENTURIERS DE LA MER

En partant du golfe d'Otrante,
    Nous étions trente ;
Mais, en arrivant à Cadiz,
    Nous étions dix.

Tom Robin, matelot de Douvre,
Au Phare nous abandonna
Pour aller voir si l'on découvre
Satan, que l'archange enchaîna,
Quand un baillement noir entr'ouvre
La gueule rouge de l'Etna.

En partant du golfe d'Otrante,
    Nous étions trente ;
Mais, en arrivant à Cadiz,
    Nous étions dix.

En Calabre, une Tarentaise
Rendit fou Spitafangama ;
A Gaète, Ascagne fut aisé
De rencontrer Michellema ;
L'amour ouvrit la parenthèse,
Le mariage la ferma.

O 2

En partant du golfe d'Otrante,
    Nous étions trente ;
Mais, en arrivant à Cadiz,
    Nous étions dix.

A Naples, Ébid, de Macédoine,
Fut pendu ; c'était un faquin.
A Capri, l'on nous prit Antoine :
Aux galères pour un séquin !
A Malte, Ofani se fit moine
Et Gobbo se fit arlequin.

En partant du golfe d'Otrante,
    Nous étions trente ;
Mais, en arrivant à Cadiz,
    Nous étions dix.

Autre perte : André, de Pavie,
Pris par les Turcs à Lipari,
Entra, sans en avoir envie,
Au sérail, et, sous cet abri,
Devint vertueux pour la vie,
Ayant été fort amoindri.

En partant du golfe d'Otrante
    Nous étions trente ;
Mais, en arrivant à Cadiz,
    Nous étions dix.

Puis, trois de nous, que rien ne gêne,
Ni loi, ni Dieu, ni souverain,
Allèrent, pour le prince Eugène
Aussi bien que pour Mazarin,
Aider Fuentès à prendre Gêne
Et d'Harcourt à prendre Turin.

En partant du golfe d'Otrante,
    Nous étions trente ;
Mais, en arrivant à Cadiz,
    Nous étions dix.

Vers Livourne nous rencontrâmes
Les vingt voiles de Spinola.
Quel beau combat ! Quatorze prames
Et six galères étaient là ;
Mais, bah ! rien qu'au bruit de nos rames
Toute la flotte s'envola.

En partant du golfe d'Otrante,
    Nous étions trente ;
Mais en arrivant à Cadiz,
    Nous étions dix.

A Notre-Dame de la Garde,
Nous eûmes un charmant tableau :

Lucca Diavolo par mégarde
Prit sa femme à Pier' Angelo ;
Sur ce, l'ange se mit en garde
Et jeta le diable dans l'eau.

En partant du golfe d'Otrante,
    Nous étions trente ;
Mais, en arrivant à Cadiz,
    Nous étions dix.

A Palma, pour suivre Pescaire,
Huit nous quittèrent tour à tour ;
Mais cela ne nous troubla guère ;
On ne s'arrêta pas un jour.
Devant Alger on fit la guerre,
A Gibraltar on fit l'amour.

En partant du golfe d'Otrante,
    Nous étions trente ;
Mais, en arrivant à Cadiz,
    Nous étions dix

A nous dix, nous prîmes la ville ;
Et le roi lui-même !—Après quoi,
Maîtres du port, maîtres de l'île,
Ne sachant qu'en faire, ma foi,
D'une manière très-civile,
Nous rendîmes la ville au roi.

En partant du golfe d'Otrante,
      Nous étions trente ;
Mais, en arrivant à Cadiz,
      Nous étions dix.

On fit ducs et grands de Castille
Mes neuf compagnons de bonheur,
Qui s'en allèrent à Séville
Épouser des dames d'honneur.
Le roi me dit : Veux-tu ma fille ?
Et je lui dis : Merci, seigneur !

En partant du golfe d'Otrante,
      Nous étions trente ;
Mais, en arrivant à Cadiz,
      Nous étions dix.

J'ai, là-bas, où des flots sans nombre
Mugissent dans les nuits d'hiver,
Ma belle farouche à l'œil sombre,
Au sourire charmant et fier,
Qui, tous les soirs, chantant dans l'ombre,
Vient m'attendre au bord de la mer.

En partant du golfe d'Otrante,
      Nous étions trente ;
Mais, en arrivant à Cadiz,
      Nous étions dix.

J'ai ma Faenzette à Fiesone ;
C'est là que mon cœur est resté.
Le vent fraîchit, la mer frissonne,
Je m'en retourne, en vérité !
O roi ! ta fille a la couronne,
Mais Faenzette a la beauté !

En partant du golfe d'Otrante,
    Nous étions trente ;
Mais, en arrivant à Cadiz,
    Nous étions dix.

TO PEGASUS

Si le passé se reconstruit
Dans toute son horreur première,
Si l'abime fait de la nuit,
O cheval, fais de la lumière.

Tu n'as pas pour rien quatre fers.
Galope sur l'onde insondable;
Qu'un rejaillissement d'éclairs
Soit ton annonce formidable.

Traverse tout, enfers, tombeaux,
Précipices, néants, mensonges,
Et qu'on entende tes sabots
Sonner sur le plafond des songes.

Comme sur l'enclume un forgeur,
Sur les brumes universelles
Abats-toi, fauve voyageur,
O puissant faiseur d'étincelles !

Sers les hommes en les fuyant.
Au-dessus de leurs fronts funèbres,
Si le zénith reste effrayant,
Si le ciel s'obstine aux ténèbres,

Si l'espace est une forêt,
S'il fait nuit comme dans les Bibles,
Si pas un rayon ne paraît,
Toi, de tes quatre pieds terribles,

Faisant subitement tout voir,
Malgré l'ombre, malgré les voiles,
Envoie à ce fatal ciel noir
Une éclaboussure d'étoiles.

XL

ALFRED DE MUSSET

VENISE

Dans Venise la rouge,
Pas un bateau qui bouge,
Pas un pêcheur dans l'eau,
   Pas un falot.

Seul assis à la grève,
Le grand lion soulève,
Sur l'horizon serein,
   Son pied d'airain.

Autour de lui, par groupes,
Navires et chaloupes,
Pareils à des hérons
   Couchés en ronds,

Dorment sur l'eau qui fume,
Et croisent dans la brume,
En légers tourbillons,
   Leurs pavillons.

La lune qui s'efface
Couvre son front qui passe
D'un nuage étoilé
   Demi-voilé.

Ainsi, la dame abbesse
De Sainte-Croix rabaisse
Sa cape aux vastes plis
   Sur son surplis.

Et les palais antiques,
Et les graves portiques,
Et les blancs escaliers
   Des chevaliers.

Et les ponts, et les rues,
Et les mornes statues,
Et le golfe mouvant
   Qui tremble au vent,

Tout se tait, fors les gardes
Aux longues hallebardes
Qui veillent aux créneaux
   Des arsenaux.

—Ah! Maintenant plus d'une
Attend, au clair de lune,
Quelque jeune muguet,
   L'oreille au guet.

Pour le bal qu'on prépare,
Plus d'une qui se pare,
Met devant son miroir
   Le masque noir.

Sur sa couche embaumée,
La Vanina pamée
Presse encor son amant,
   En s'endormant ;

Et Narcisa, la folle,
Au fond de sa gondole,
S'oublie en un festin
   Jusqu'au matin.

Et qui, dans l'Italie,
N'a son grain de folie?
Qui ne garde aux amours
   Ses plus beaux jours?

Laissons la vieille horloge,
Au palais du vieux doge,
Lui compter de ses nuits
   Les longs ennuis.

Comptons plutôt, ma belle,
Sur ta bouche rebelle
Tant de baisers donnés...
   Ou pardonnés.

Comptons plutôt tes charmes,
Comptons les douces larmes,
Qu'à nos yeux a coûté
La volupté !

L'ANDALOUSE

Avez-vous vu, dans Barcelone,
Une Andalouse au sein bruni?
Pâle comme un beau soir d'automne!
C'est ma maitresse, ma lionne!
La marquésa d'Amaëgui.

J'ai fait bien des chansons pour elle;
Je me suis battu bien souvent.
Bien souvent j'ai fait sentinelle,
Pour voir le coin de sa prunelle,
Quand son rideau tremblait au vent.

Elle est à moi, moi seul au monde.
Ses grands sourcils noirs sont à moi,
Son corps souple et sa jambe ronde,
Sa chevelure qui l'inonde,
Plus longue qu'un manteau de roi!

C'est à moi, son beau col qui penche
Quand elle dort dans son boudoir,
Et sa basquina sur sa hanche,
Son bras dans sa mitaine blanche,
Son pied dans son brodequin noir

Vrai Dieu !　Lorsque son œil pétille
Sous la frange de ses réseaux,
Rien que pour toucher sa mantille,
De par tous les saints de Castille,
On se ferait rompre les os.

Qu'elle est superbe en son désordre,
Quand elle tombe, les seins nus,
Qu'on la voit, béante, se tordre
Dans un baiser de rage, et mordre
En criant des mots inconnus !

Et qu'elle est folle dans sa joie,
Lorsqu'elle chante le matin,
Lorsqu'en tirant son bas de soie,
Elle fait, sur son flanc qui ploie,
Craquer son corset de satin !

Allons, mon page, en embuscades
Allons ! la belle nuit d'été !
Je veux ce soir des sérénades,
A faire damner les alcades
De Toloso au Guadalété !

STANCES

Que j'aime à voir dans la vallée
     Désolée,
Se lever comme un mausolée
Les quatre ailes d'un noir moutier !
Que j'aime à voir, près de l'austère
     Monastère,
Au seuil du baron feudataire,
La croix blanche et le bénitier !

Vous, des antiques Pyrénées
     Les aînées,
Vieilles églises décharnées,
Maigres et tristes monuments,
Vous que le temps n'a pu dissoudre,
     Ni la foudre,
De quelques grands monts mis en poudre
N'êtes-vous pas les ossements ?

J'aime vos tours à tête grise,
     Où se brise
L'éclair qui passe avec la brise.
J'aime vos profonds escaliers

P

Qui, tournoyant dans les entrailles
                    Des murailles,
A l'hymne éclatant des ouailles
Font répondre tous les piliers !

Oh ! lorsque l'ouragan qui gagne
                    La campagne
Prend par les cheveux la montagne,
Que le temps d'automne jaunit,
Que j'aime, dans le bois qui crie
                    Et se plie,
Les vieux clochers de l'abbaye,
Comme deux arbres de granit !

Que j'aime à voir, dans les vesprées
                    Empourprées,
Jaillir en veines diaprées
Les rosaces d'or des couvents !
Oh ! que j'aime, aux voûtes gothiques
                    Des portiques,
Les vieux saints de pierre athlétiques
Priant tout bas pour les vivants !

CHANSON

A Saint-Blaise, à la Zuecca,
Vous étiez, vous étiez bien aise
   A Saint-Blaise.
A Saint-Blaise, à la Zuecca,
   Nous étions bien là.

Mais de vous en souvenir
   Prendrez-vous la peine ?
Mais de vous en souvenir
   Et d'y revenir.

A Saint-Blaise, à la Zuecca,
Dans les prés fleuris cueillir la verveine,
   A Saint-Blaise, à la Zuecca,
   Vivre et mourir là !

CHANSON DE BARBERINE

Beau chevalier qui partez pour la guerre,
       Qu'allez-vous faire
       Si loin d'ici?
Voyez-vous pas que la nuit est profonde,
       Et que le monde
       N'est que souci?

Vous qui croyez qu'une amour délaissée
       De la pensée
       S'enfuit ainsi,
Hélas! hélas! chercheurs de renommée,
       Votre fumée
       S'envole aussi.

Beau chevalier qui partez pour la guerre,
       Qu'allez-vous faire
       Si loin de nous?
J'en vais pleurer, moi qui me laissais dire
       Que mon sourire
       Était si doux.

CHANSON DE FORTUNIO

Si vous croyez que je vais dire
  Qui j'ose aimer,
Je ne saurais, pour un empire,
  Vous la nommer.

Nous allons chanter à la ronde,
  Si vous voulez,
Que je l'adore et qu'elle est blonde
  Comme les blés.

Je fais ce que sa fantaisie
  Veut m'ordonner,
Et je puis, s'il lui faut ma vie
  La lui donner.

Du mal qu'une amour ignorée
  Nous fait souffrir,
J'en porte l'âme déchirée
  Jusqu'à mourir.

Mais j'aime trop pour que je die
  Qui j'ose aimer,
Et je veux mourir pour ma mie
  Sans la nommer.

XLI

THÉOPHILE GAUTIER.

ÉLÉGIE A CLÉMENCE

Un monument sur ta cendre chérie
    Ne pèse pas,
Pauvre Clémence, à ton matin flétrie
    Par le trépas.

Tu dors sans faste, au pied de la colline,
    Au dernier rang,
Et sur ta fosse un saule pâle incline
    Son front pleurant.

Ton nom déjà par la pluie et la neige
    Est effacé,
Sur le bois noir de la croix qui protège
    Ton lit glacé.

Mais l'amitié qui se souvient, fidèle,
    Avec des fleurs,
Vient, à l'endroit seulement connu d'elle,
    Verser des pleurs.

LA CHIMÈRE

Une jeune chimère, aux lèvres de ma coupe,
Dans l'orgie, a donné le baiser le plus doux ;
Elle avait les yeux verts, et jusque sur sa croupe
Ondoyait en torrent l'or de ses cheveux roux.

Des ailes d'épervier tremblaient à son épaule ;
La voyant s'envoler, je sautai sur ses reins ;
Et, faisant jusqu'à moi ployer son cou de saule,
J'enfonçai comme un peigne une main dans ses crins.

Elle se démenait, hurlante et furieuse,
Mais en vain.   Je broyais ses flancs dans mes genoux ;
Alors elle me dit d'une voix gracieuse,
Plus claire que l'argent : Maître, où donc allons-nous ?

Par delà le soleil et par delà l'espace,
Où Dieu n'arriverait qu'après l'éternité ;
Mais avant d'être au but ton aile sera lasse :
Car je veux voir mon rêve en sa réalité.

BARCAROLLE

Dites, la jeune belle,
Où voulez-vous aller ?
La voile ouvre son aile,
La brise va souffler !

L'aviron est d'ivoire,
Le pavillon de moire,
Le gouvernail d'or fin ;
J'ai pour lest une orange,
Pour voile une aile d'ange,
Pour mousse un séraphin.

Dites, la jeune belle,
Où voulez-vous aller ?
La voile ouvre son aile,
La brise va souffler !

Est-ce dans la Baltique,
Sur la mer Pacifique,
Dans l'île de Java ?
Ou bien dans la Norvége,
Cueillir la fleur de neige,
Ou la fleur d'Angsoka ?

Dites, la jeune belle,
Où voulez-vous aller ?
La voile ouvre son aile,
La brise va souffler !

—Menez-moi, dit la belle,
A la rive fidèle
Où l'on aime toujours.
—Cette rive, ma chère,
On ne la connaît guère
Au pays des amours.

LA SOURCE

Tout près du lac filtre une source,
Entre deux pierres, dans un coin ;
Allégrement l'eau prend sa course
Comme pour s'en aller bien loin.

Elle murmure : Oh ! quelle joie !
Sous la terre il faisait si noir !
Maintenant ma rive verdoie,
Le ciel se mire à mon miroir.

Les myosotis aux fleurs bleues
Me disent : Ne m'oubliez pas !
Les libellules de leurs queues
M'égratignent dans leurs ébats.

A ma coupe l'oiseau s'abreuve ;
Qui sait ?—Après quelques détours
Peut-être deviendrai-je un fleuve
Baignant vallons, rochers et tours.

Je broderai de mon écume
Monts de pierre, quais de granit,
Emportant le steamer qui fume
A l'Océan où tout finit.—

Ainsi la jeune source jase,
Formant cent projets d'avenir ;
Comme l'eau qui bout dans un vase,
Son flot ne peut se contenir ;

Mais le berceau touche à la tombe ;
Le géant futur meurt petit ;
Née à peine, la source tombe
Dans le grand lac qui l'engloutit !

L'ART

Oui, l'œuvre sort plus belle
D'une forme au travail
    Rebelle,
Vers, marbre, onyx, émail.

Point de contraintes fausses !
Mais que, pour marcher droit,
    Tu chausses,
Muse, un cothurne étroit.

Fi du rhythme commode,
Comme un soulier trop grand,
    Du mode
Que tout pied quitte et prend !

Statuaire, repousse
L'argile que pétrit
    Le pouce
Quand flotte ailleurs l'esprit.

Lutte avec le Carrare,
Avec le Paros dur
    Et rare,
Gardiens du contour pur ;

Emprunte à Syracuse
Son bronze où fermement
    S'accuse
Le trait fier et charmant ;

D'une main délicate
Poursuis dans un filon
    D'agate
Le profil d'Apollon.

Peintre, fuis l'aquarelle,
Et fixe la couleur
    Trop frêle
Au four de l'émailleur.

Fais les sirènes bleues,
Tordant de cent façons
    Leurs queues,
Les monstres des blasons ;

Dans son nimbe trilobe
La Vierge et son Jésus,
    Le globe
Avec la croix dessus.

Tout passe.—L'art robuste
Seul a l'éternité.
    Le buste
Survit à la cité.

Et la médaille austère
Que trouve un laboureur
    Sous terre
Révèle un empereur.

Les dieux eux-mêmes meurent.
Mais les vers souverains
    Demeurent
Plus forts que les airains.

Sculpte, lime, cisèle ;
Que ton rêve flottant
    Se scelle
Dans le bloc résistant !

XLII

HÉGÉSIPPE MOREAU.

LA FERMIÈRE

Amour à la fermière ! elle est
    Si gentille et si douce !
C'est l'oiseau des bois qui se plaît
    Loin du bruit dans la mousse.
Vieux vagabond qui tends la main,
    Enfant pauvre et sans mère,
Puissiez-vous trouver en chemin
    La ferme et la fermière ?

De l'escabeau vide au foyer,
    Là, le pauvre s'empare,
Et le grand bahut de noyer
    Pour lui n'est point avare ;
C'est là qu'un jour je vins m'asseoir,
    Les pieds blancs de poussière ;
Un jour... puis en marche ! et bonsoir
    La ferme et la fermière !

Mon seul beau jour a dû finir,
    Finir dès son aurore ;
Mais pour moi ce doux souvenir
    Est du bonheur encore :
En fermant les yeux, je revois
    L'enclos plein de lumière,
La haie en fleur, le petit bois,
    La ferme et la fermière !

Si Dieu, comme notre curé
    Au prône le répète,
Paye un bienfait—même égaré,—
    Ah ! qu'il songe à ma dette !
Qu'il prodigue au vallon les fleurs,
    La joie à la chaumière,
Et garde des vents et des pleurs
    La ferme et la fermière !

Chaque hiver, qu'un groupe d'enfants
    A son fuseau sourie,
Comme les anges aux fils blancs
    De la Vierge Marie !
Que tous, par la main, pas à pas,
    Guidant un petit frère,
Réjouissent de leurs ébats
    La ferme et la fermière !

ENVOI

Ma chansonnette, prends ton vol!
Tu n'es qu'un faible hommage ;
Mais qu'en avril le rossignol
Chante, et la dédommage ;
Qu'effrayé par ses chants d'amour,
L'oiseau du cimetière
Longtemps, longtemps, se taise pour
La ferme et la fermière !

PIERRE DUPONT.

LE CHANT DES OUVRIERS

Nous, dont la lampe, le matin,
Au clairon du coq se rallume ;
Nous tous, qu'un salaire incertain
Ramène avant l'aube à l'enclume ;
Nous, qui des bras, des pieds, des mains,
De tout le corps, luttons sans cesse,
Sans abriter nos lendemains
Contre le froid de la vieillesse,
Aimons-nous, et quand nous pouvons
Nous unir pour boire à la ronde,
Que le canon se taise ou gronde,
      Buvons
A l'indépendance du monde !

Nos bras, sans relâche tendus,
Aux flots jaloux, au sol avare,

Ravissent leurs trésors perdus,
Ce qui nourrit et ce qui pare :
Perles, diamants et métaux,
Fruit du coteau, grain de la plaine.
Pauvres moutons, quels bons manteaux
Il se tisse avec notre laine !
Aimons-nous, et quand nous pouvons, etc.

Quel fruit tirons-nous des labeurs
Qui courbent nos maigres échines ?
Où vont les flots de nos sueurs ?
Nous ne sommes que des machines.
Nos Babels montent jusqu'au ciel,
La terre nous doit ses merveilles !
Dès qu'elles ont fini le miel
Le maître chasse les abeilles.
Aimons-nous, et quand nous pouvons, etc.

Au fils chétif d'un étranger
Nos femmes tendent leurs mamelles ;
Et lui, plus tard, croit déroger
En daignant s'asseoir auprès d'elles ;
De nos jours, le droit du seigneur
Pèse sur nous, plus despotique ;
Nos filles vendent leur honneur
Aux derniers courtauds de boutique.
Aimons-nous, et quand nous pouvons, etc.

Mal vêtus, logés dans des trous,
Sous les combles, dans les décombres,
Nous vivons avec les hiboux
Et les larrons, amis des ombres :
Cependant notre sang vermeil
Coule impétueux dans nos veines ;
Nous nous plairions au grand soleil,
Et sous les rameaux verts des chênes !
Aimons-nous, et quand nous pouvons, etc.

A chaque fois que, par torrents,
Notre sang coule sur le monde,
C'est toujours pour quelques tyrans
Que cette rosée est féconde.
Ménageons-le dorénavant,
L'amour est plus fort que la guerre !
En attendant qu'un meilleur vent
Souffle du ciel ou de la terre,
Aimons-nous, et quand nous pouvons, etc.

LES BŒUFS

J'ai deux grands bœufs dans mon étable,
Deux grands bœufs blancs, marqués de roux ;
La charrue est en bois d'érable,
L'aiguillon en branche de houx ;
C'est par leurs soins qu'on voit la plaine
Verte l'hiver, jaune l'été ;
Ils gagnent dans une semaine
Plus d'argent qu'ils n'en ont coûté.
    S'il me fallait les vendre,
    J'aimerais mieux me pendre ;
J'aime Jeanne ma femme, eh bien ! j'aimerais mieux
La voir mourir, que voir mourir mes bœufs.

Les voyez-vous, les belles bêtes,
Creuser profond et tracer droit,
Bravant la pluie et les tempêtes,
Qu'il fasse chaud, qu'il fasse froid ?
Lorsque je fais halte pour boire,
Un brouillard sort de leurs naseaux,
Et je vois sur leur corne noire
Se poser les petits oiseaux.
    S'il me fallait les vendre, etc.

Ils sont forts comme un pressoir d'huile,
Ils sont doux comme des moutons.
Tous les ans on vient de la ville
Les marchander dans nos cantons,
Pour les mener aux Tuileries,
Au mardi gras, devant le roi,
Et puis les vendre aux boucheries.
Je ne veux pas, ils sont à moi.

     S'il me fallait les vendre, etc.

Quand notre fille sera grande,
Si le fils de notre régent
En mariage la demande,
Je lui promets tout mon argent ;
Mais si pour dot il veut qu'on donne
Les grands bœufs blancs marqués de roux,
Ma fille, laissons la couronne,
Et ramenons les bœufs chez nous.

     S'il me fallait les vendre, etc.

XLIV

LECONTE DE LISLE.

TRE FILA D'ORO

Là-bas, sur la mer, comme l'hirondelle,
Je voudrais m'enfuir, et plus loin encor !
Mais j'ai beau vouloir, puisque la cruelle
A lié mon cœur avec trois fils d'or.

L'un est son regard, l'autre son sourire,
Le troisième, enfin, est sa lèvre en fleur ;
Mais je l'aime trop, c'est un vrai martyre :
Avec trois fils d'or elle a pris mon cœur !

Oh ! si je pouvais dénouer ma chaine !
Adieu, pleurs, tourments ; je prendrais l'essor.
Mais non, non ! mieux vaut mourir à la peine
Que de vous briser, ô mes trois fils d'or !

REQUIES

Comme un morne exilé, loin de ceux que j'aimais,
Je m'éloigne à pas lents des beaux jours de ma vie,
Du pays enchanté qu'on ne revoit jamais.

Sur la haute colline où la route dévie
Je m'arrête et vois fuir à l'horizon dormant
Ma dernière espérance, et pleure amèrement.

O malheureux ! crois en ta muette détresse ;
Rien ne refleurira, ton cœur ni ta jeunesse,
Au souvenir cruel de tes félicités.

Tourne plutôt les yeux vers l'angoisse nouvelle
Et laisse retomber dans leur nuit éternelle
L'amour et le bonheur que tu n'as point goûtés.

Le temps n'a pas tenu ses promesses divines.
Tes yeux ne verront point reverdir tes ruines ;
Livre leur cendre morte au souffle de l'oubli.

Endors-toi sans tarder en ton repos suprême ;
Et souviens-toi, vivant dans l'ombre enseveli,
Qu'il n'est plus en ce monde un seul être qui t'aime.

La vie est ainsi faite, il nous la faut subir.
Le faible souffre et pleure, et l'insensé s'irrite ;
Mais le plus sage en rit, sachant qu'il doit mourir.

Rentre au tombeau muet où l'homme enfin s'abrite,
Et là, sans nul souci de la terre et du ciel,
Repose, ô malheureux, pour le temps éternel !

XLV

THÉODORE DE BANVILLE.

BALLADE AUX ENFANTS PERDUS

Je le sais bien que Cythère est en deuil !
Que son jardin, souffleté par l'orage,
O mes amis, n'est plus qu'un sombre écueil
Agonisant sous le soleil sauvage.
La solitude habite son rivage.
Qu'importe ! allons vers les pays fictifs !
Cherchons la plage où nos désirs oisifs
S'abreuveront dans le sacré mystère
Fait pour un chœur d'esprits contemplatifs :
Embarquons-nous pour la belle Cythère.

La grande mer sera notre cercueil ;
Nous servirons de proie au noir naufrage,
Le feu du ciel punira notre orgueil
Et l'Aquilon nous garde son outrage.
Qu'importe ! allons vers le clair paysage !

Malgré la mer jalouse et les récifs,
Venez, partons comme des fugitifs,
Loin de ce monde au souffle délétère.
Nous dont les cœurs sont des ramiers plaintifs,
Embarquons-nous pour la belle Cythère.

Des serpents gris se traînent sur le seuil
Où souriait Cypris, la chère image
Aux tresses d'or, la vierge au doux accueil !
Mais les amours sur le plus haut cordage
Nous chantent l'hymne adoré du voyage.
Héros cachés dans ces corps maladifs,
Fuyons, partons sur nos légers esquifs,
Vers le divin bocage où la panthère
Pleure d'amour sous les rosiers lascifs :
Embarquons-nous pour la belle Cythère.

ENVOI

Rassasions d'azur nos yeux pensifs !
Oiseaux chanteurs, dans la brise expansifs,
Ne souillons pas nos ailes sur la terre.
Volons, charmés, vers les dieux primitifs,
Embarquons-nous pour la belle Cythère.

LA CHANSON DE MA MIE

L'eau dans les grands lacs bleus
        Endormie,
Est le miroir des cieux :
Mais j'aime mieux les yeux
        De ma mie.

Pour que l'ombre parfois
        Nous sourie,
Un oiseau chante au bois :
Mais j'aime mieux la voix
        De ma mie.

La rosée, a la fleur
        Défleurie
Rend sa vive couleur ;
Mais j'aime mieux un pleur
        De ma mie.

Le temps vient tout briser.
        On l'oublie :
Moi, pour le mépriser,
Je ne veux qu'un baiser
        De ma mie.

La rose sur le lin
     Meurt flétrie ;
J'aime mieux pour coussin
Les lèvres et le sein
     De ma mie.

On change tour à tour
     De folie :
Moi, jusqu'au dernier jour,
Je m'en tiens à l'amour
     De ma mie.

PRINTEMPS D'AVRIL

Ma mie, à son toit fidèle,
La frétillante hirondelle
Revient du lointain exil.
Déjà le long des rivages
S'égaie un sylphe subtil,
Qui baise les fleurs sauvages :
Voici le printemps d'avril !

C'est le moment où les fées,
De volubilis coiffées,
Viennent, au matin changeant,
Sur le bord vert des fontaines,
Où court le flot diligent,
Charmer les biches hautaines
De leurs baguettes d'argent.

Elles dansent à l'aurore
Sur l'herbe, où les suit encore
Un troupeau de nains velus.
Ne va pas, enfant sereine,
Au fond des bois chevelus :
Elles te prendraient pour reine,
Et je ne te verrais plus !

BALLADE DES PENDUS

Sur ses larges bras étendus,
La forêt où s'éveille Flore,
A des chapelets de pendus
Que le matin caresse et dore.
Ce bois sombre, où le chêne arbore
Des grappes de fruits inouïs
Même chez le Turc et le More,
C'est le verger du roi Louis.

Tous ces pauvres gens morfondus,
Roulant des pensers qu'on ignore,
Dans les tourbillons éperdus
Voltigent, palpitants encore.
Le soleil levant les dévore.
Regardez-les, cieux éblouis,
Danser dans les feux de l'aurore.
C'est le verger du roi Louis.

Ces pendus, du diable entendus,
Appellent des pendus encore.
Tandis qu'aux cieux, d'azur tendus,
Où semble luire un météore,

La rosée en l'air s'évapore,
Un essaim d'oiseaux réjouis
Par dessus leur tête picore.
C'est le verger du roi Louis.

Envoi

" Prince, il est un bois que décore
Un tas de pendus enfouis
Dans le doux feuillage sonore.
C'est le verger du roi Louis."

XLVI

CHARLES BAUDELAIRE.

HYMNE

A la très-chère, à la très-belle
Qui remplit mon cœur de clarté,
A l'ange, à l'idole immortelle,
Salut en immortalité !

Elle se répand dans ma vie
Comme un air imprégné de sel,
Et dans mon âme inassouvie
Verse le goût de l'Éternel.

Sachet toujours frais qui parfume
L'atmosphère d'un cher réduit,
Encensoir oublié qui fume
En secret à travers la nuit.

R

Comment, amour incorruptible,
T'exprimer avec vérité?
Grain de musc qui gis, invisible,
Au fond de mon éternité !

A la très-bonne, à la très-belle
Qui fait ma joie et ma santé,
A l'ange, à l'idole immortelle,
Salut en immortalité !

XLVII

ALBERT GLATIGNY.

BALLADE DES ENFANTS SANS SOUCI

Ils vont pieds nus le plus souvent. L'hiver
Met à leurs doigts des mitaines d'onglée.
Le soir, hélas! ils soupent du grand air,
Et sur leur front la bise échevelée
Gronde, pareille au bruit d'une mêlée,
A peine un peu leur sort est adouci
Quand avril fuit la terre consolée.
Ayez pitié des Enfants sans souci.

Ils n'ont sur eux que le manteau du ver,
Quand les frissons de la voûte étoilée
Font tressaillir et briller leur œil clair,
Par la montagne abrupte et la vallée,
Ils vont, ils vont! A leur troupe affolée
Chacun répond : " Vous n'êtes pas d'ici

Prenez ailleurs, oiseaux, votre volée."
Ayez pitié des Enfants sans souci.

Un froid de mort fait dans leur pauvre chair
Glacer le sang, et leur veine est gelée.
Les cœurs pour eux se cuirassent de fer.
Le trépas vient. Ils vont sans mausolée
Pourrir au coin d'un champ ou d'une allée,
Et les corbeaux mangent leur corps transi
Que lavera la froide giboulée.
Ayez pitié des Enfants sans souci.

ENVOI

Pour cette vie effroyable, filée
De mal, de peine, ils te disent : Merci !
Muse, comme eux, avec eux, exilée.
Ayez pitié des Enfants sans souci !

www.ingramcontent.com/pod-product-compliance
Lightning Source LLC
Chambersburg PA
CBHW060609030726
47498CB00005B/1612